Nachgelassene Denkwürdigkeiten über mich selbst

Adolf Strodtmann

Impressum

Autor: Adolf Strodtmann
Übersetzung: Adolf Strodtmann
Umschlagkonzept: toepferschumann, Berlin

Verlag: tradition GmbH, Hamburg
ISBN: 978-3-8424-1303-0
Printed in Germany

Tucholsky Wagner Zola Scott Sydow Freud Schlegel
Turgenev Wallace Fonatne

Twain Walther von der Vogelweide Fouqué Friedrich II. von Preußen
Weber Freiligrath

Fechner Fichte Weiße Rose von Fallersleben Kant Ernst Frey
Richthofen Frommel

Hölderlin

Engels Fielding Eichendorff Tacitus Dumas
Fehrs Faber Flaubert

Feuerbach Maximilian I. von Habsburg Fock Eliasberg Zweig Ebner Eschenbach
Ewald Eliot Vergil

Goethe Elisabeth von Österreich London

Mendelssohn Balzac Shakespeare Dostojewski Ganghofer
Trackl Lichtenberg Rathenau Doyle Gjellerup
Stevenson Hambruch
Mommsen Tolstoi Lenz Hanrieder Droste-Hülshoff
Thoma

Dach Verne von Arnim Hägele Hauff Humboldt
Karrillon Reuter Rousseau Hagen Hauptmann Gautier
Garschin Defoe Baudelaire
Damaschke Descartes Hebbel
Hegel Kussmaul Herder
Wolfram von Eschenbach Dickens Schopenhauer Rilke George
Darwin Melville Grimm Jerome
Bronner Bebel
Campe Horváth Aristoteles Proust
Bismarck Vigny Barlach Voltaire Federer Herodot
Gengenbach Heine
Storm Casanova Tersteegen Gilm Grillparzer Georgy
Chamberlain Lessing Langbein
Brentano Lafontaine Gryphius
Strachwitz Claudius Schiller Kralik Iffland Sokrates
Katharina II. von Rußland Bellamy Schilling
Gerstäcker Raabe Gibbon Tschechow
Löns Hesse Hoffmann Gogol Wilde Gleim Vulpius
Luther Heym Hofmannsthal Klee Hölty Morgenstern
Roth Heyse Klopstock Puschkin Homer Kleist Goedicke
Luxemburg La Roche Horaz Mörike Musil
Machiavelli Musset Kierkegaard Kraft Kraus
Navarra Aurel Lamprecht Kind Kirchhoff Hugo Moltke
Nestroy Marie de France Ipsen Liebknecht
Nietzsche Nansen Laotse Ringelnatz
Marx Lassalle Gorki Klett Leibniz
von Ossietzky May vom Stein Lawrence Irving
Petalozzi Knigge
Platon Pückler Michelangelo Kock Kafka
Sachs Poe Liebermann Korolenko
de Sade Praetorius Mistral Zetkin

Der Verlag tredition aus Hamburg veröffentlicht in der Reihe **TREDITION CLASSICS** Werke aus mehr als zwei Jahrtausenden. Diese waren zu einem Großteil vergriffen oder nur noch antiquarisch erhältlich.

Symbolfigur für **TREDITION CLASSICS** ist Johannes Gutenberg (1400 — 1468), der Erfinder des Buchdrucks mit Metalllettern und der Druckerpresse.

Mit der Buchreihe **TREDITION CLASSICS** verfolgt tredition das Ziel, tausende Klassiker der Weltliteratur verschiedener Sprachen wieder als gedruckte Bücher aufzulegen – und das weltweit!

Die Buchreihe dient zur Bewahrung der Literatur und Förderung der Kultur. Sie trägt so dazu bei, dass viele tausend Werke nicht in Vergessenheit geraten.

Text der Originalausgabe

H. Smith

Nachgelassene Denkwürdigkeiten über mich selbst

Übersetzt von Adolf Strodtmann

I.

»Sie sind hier?« rief ich in einem eben nicht höflichen Tone aus, als ich beim Umwenden meinen alten Freund Doktor Linnel ruhig neben meinem Bette sitzen sah. »Wer hat Sie rufen lassen?«

»Niemand; es hat mich eines der besten und reizendsten jungen Mädchen in der ganzen Grafschaft hierher gebracht – Ihre Tochter.«

»Dann hat sich Sarah nicht allein eine große Freiheit herausgenommen, sondern hat auch gegen meine bestimmten Befehle gehandelt, wie sie dieß in der letzten Zeit schon mehre Male gethan hat. Sie hat mich schon öfter gequält, nach Ihnen zu schicken, aber ich habe es bestimmt abgeschlagen. Wenigstens hundert Male habe ich ihr schon gesagt, daß ich das Mediciniren nicht liebe und die Doktoren hasse.«

»Ich freue mich zu bemerken, daß Ihre Krankheit Ihrem Talente, den Leuten Komplimente zu sagen, keinen Eintrag gethan hat.«

»Ach, ich wollte nichts Unhöfliches sagen oder persönlich werden. Wenn Sie als Freund zu mir kommen, freue ich mich immer, Sie zu sehen. Auch wenn Sie sarkastisch sind und scharfe Dinge sagen, wie Sie bisweilen zu thun gewohnt sind, so kann man doch einem Mann nicht bös sein, der so ruhig lächeln und in so sanftem Tone sprechen kann; aber als Receptschreiber, muß ich offen bekennen, ist mir Ihr Zimmer lieber wie Ihre Gesellschaft. Wenn meine Zeit gekommen ist, kann ich auch ohne den Beistand eines Doktors sterben.«

»Sehr richtig, aber die Frage ist, können Sie auch ohne ihn leben?«

»Warum nicht? Ich bin dreiundsechzig Jahre alt und habe in meinem ganzen Leben keinen Arzt zu Rathe gezogen.«

»Sie waren vielleicht nie zuvor krank?«

»Niemals! und ich bin auch jetzt nicht wirklich krank, nur sehr mißvergnügt. wie die meisten Menschen in dieser Lebenszeit es sind – schwach und matt und dergleichen – mit Spleen behaftet, wie es mein Sohn Georg nennt; so versprach ich Sarah, daß ich mich einen Tag zu Bette legen wollte, um zu sehen, ob ich mich nicht ein bischen erholen könne.«

»Da gab Ihnen Ihre Tochter einen guten Rath, und vielleicht bin ich im Stande, dasselbe zu thun, wenn Sie mir genau erzählen wollen, was Ihnen fehlt. Sie werden mir dieß um so weniger abschlagen, da Sie selbst bekannt haben, Sie seien gänzlich mißvergnügt, und da ich so weit hergekommen bin, Sie zu besuchen.«

»Ich habe Ihnen ja bereits meine Krankheit genannt; ich bin dreiundsechzig Jahre – mein großes Stufenjahr, wie Sie wissen: siebenmal neun; beides unglückliche Zahlen. Selten entrinnt Einer dieser mißlichen Periode. Georg schrieb mir an meinem letzten Geburtstag, daß eine gefährliche Zeit herannahe und ich für einige Monate erwarten müsse, vollkommen kraftlos zu werden; bei dem Doktor sei aber keine Hülfe zu finden, da das Uebel natürlich und unvermeidlich sei.«

»Ich meinte, aller Glaube an die kritischen Jahre sei schon längst verbannt, ausgenommen bei den alten Weibern, die sich in alte Männer verkleiden. Ihr Sohn ist jung genug, um das besser zu wissen. Seien Sie versichert, mein lieber Freund, Ihr Unwohlsein hat keinen Bezug zu diesem besonderen Lebensjahre. Können Sie mir keine andere Ursache für diese plötzliche Veränderung in Ihrer Konstitution angeben, die bisher so gut gewesen ist?«

»Ich wüßte nicht. Wohl habe ich in der letzten Zeit viel Sorge und Kummer gehabt.«

»Und doch sind wenige Menschen so glücklich gewesen. Die Welt giebt Ihnen Kredit, weil Sie sich durch Ihre Verträge mit der Regierung ein unermeßliches Vermögen erworben haben.«

»Da hat die Welt Recht. Aber mit Reichthum kann man nicht immer Gesundheit erkaufen, und noch weniger Glückseligkeit. Ich sage Ihnen, Doktor, wenn Einer Alles zu fürchten und nichts zu hoffen hat, blickt er zuweilen mit Schmerz auf die sorgenfreien Tage zurück, wo er Alles zu hoffen und nichts zu fürchten hatte.«

»Dank Gott, ich gehöre zur vorigen Klasse und gedenke auch darin zu bleiben.«

»Ja, Doktor, Sie werden reich werden, wenn Sie alt werden, wie es bei mir der Fall gewesen ist.«

»Das heißt so viel, als ich werde Geld zusammenscharren, wenn ich zu alt bin, mich dessen zu freuen, und es nicht lange mehr behalten kann. Ich hoffe, die blinde Göttin wird mich vor aller solcher grausamen Güte bewahren.«

»Vor einem Unglück hat Sie das Schicksal bewahrt – Sie haben keine Kinder. Ich habe nur zwei; aber ach! theurer Linnel! ich kann es nicht mit Worten aussprechen, welche Unannehmlichkeiten, welches Unglück und Aergerniß sie erst kürzlich über mich gebracht haben. Wenn es einen Menschen giebt, den ich mehr hasse, als einen anderen, so ist es Godfrey Thorpe von Oakfield Hall, und zwar nicht ohne viele und gute Gründe, abgesehen davon, daß er ein stolzer, anmaßlicher Dummkopf, aufgeblasen wie Lucifer und so arm wie Hiob ist. Erstlich war er die Veranlassung, daß ich aus dem County Club ausballotirt wurde, indem er erklärte, daß er nicht mit einem ehemaligen Malzer zusammen sein könne. Zweitens sein Einfluß durch den Generalkommissär und gewisse mir aufgebürdete schlechte Streiche – denn ich bin gewiß, die Verläumdungen kamen von ihm – verhinderten, daß ich den großen Kontrakt, um die Kavallerie mit Fourage zu versehen, nicht abschließen konnte. Drittens trieb er mich von dem Marktflecken, den ich fünf Jahre lang repräsentirt hatte, indem er mich mit meinem eigenen Gelde schlug, denn ich hatte ihm gerade achttausend Pfund auf das Oakfield-Gut vorgestreckt, das jetzt zu seinem vollen Werth verpfändet ist. Indessen giebt es noch einen Trost: wenn er es noch länger mit seinen Jagdhunden und Pferden und seinem großen Etablissement so antreibt, so hoffe ich eines schönen Tages ihn von seiner stolzen alten Halle wegzutreiben, wie er mich von meinem Marktflecken vertrieben hat.«

»Verdrießlich genug, das muß ich gestehen; aber was hat alles das mit den Verdrießlichkeiten zu thun, welche Ihnen Ihre Kinder verursacht haben?«

»Das sollen Sie sogleich hören. Thorpe hat eine einzige Tochter, nicht ohne persönliche Reize, aber ein gekünsteltes, schlaues Mädchen, die, wahrscheinlich nicht unbekannt mit ihres Vaters verzweifelten Verhältnissen und wohl wissend, daß mein Sohn einer der reichsten jungen Männer im Lande ist, ihn mit solchem Erfolg zu gewinnen wußte, daß der einfältige Tropf ganz vernarrt in sie wurde, so daß er ihr sogleich seine Hand anbot, was natürlich auf der Stelle angenommen wurde. Daß Georg sich leicht verstricken und von einem schönen Spielwerk verlocken ließ, wundert mich gar nicht, denn er war immer ein verdorbenes Kind, das von Jugend auf seinen eigenen Weg ging, durch lange Nachsicht in seinem Eigensinn und seiner Halsstarrigkeit bestärkt; aber denken Sie sich meinen Schrecken und meinen Zorn, als er mir mit einer Miene von Befriedigung sagte, der stolze alte Vater habe seine Einwilligung zur Heirath nur unter der Bedingung gegeben, daß sein Schwiegersohn den Namen Thorpe annehme! Welch beispiellose Unverschämtheit! Wie konnte er, – wie konnte mein Sohn, – wie konnte Jemand auf der Welt sich träumen, daß, nachdem ich mich Jahre lang gequält und abgearbeitet habe, um mir ein Vermögen zu erwerben, und nun zu einer Familie gekommen bin, die meinen Namen sichern sollte, ich damit übereinstimmen könnte, daß der Name in den Staub getreten und mein sauer erworbenes Vermögen geopfert werde, um die Race eines Mannes fortzupflanzen, den ich hasse und sein mit Schulden beladenes Gut frei zu machen? Ich entließ meinen mißrathenen Sohn, indem ich ihm die Heirath gänzlich untersagte, und ich habe seit der Zeit meinem letzten Willen ein Codicill angehängt, daß, wenn er je Julie Thorpe heirathet, mein Vermögen dem Landkrankenhause zufallen soll. Es liegt noch einiger Trost in dieser Betrachtung; aber ich gebe Ihnen zu bedenken, wie tief und traurig mein Herz durch die Vereitelung meiner schönsten und köstlichsten Hoffnungen verwundet worden ist.«

II.

»Man muß eingestehen, daß Ihr Sohn, der Ihre Abneigung gegen Herrn Thorpe kannte, eben keine kluge Wahl traf; aber Wordsworth sagt:

Das Kind ist des Mannes Vater,

und Sie müssen deßhalb nicht erwarten, daß aus verdorbenen Knaben gehorsame Sohne werden können.«

»Sie tadeln mich immer mit einem so stereotypen Lächeln und so sanfter Stimme, Doktor, als wenn Sie mir eher schmeicheln, als mich verdammen wollten. Doch dem sei, wie ihm wolle, nie habe ich Sarah etwas entzogen, obgleich die Leute sagen, ich habe in blinder Parteilichkeit für Georg seine Schwester vernachlässigt. Nichtsdestoweniger hat sie durch ein sonderbares Zusammentreffen, als wenn ich verdammt wäre, von meinen beiden Kindern gequält zu werden, einen nicht weniger merkwürdigen Akt von Tollheit begangen und meine Wünsche noch auf eine anstößigere und unkindlichere Weise durchkreuzt. Sie hat nicht nur einen Antrag des Frank Rashleigh zurückgewiesen, eines Mannes, auf den ich mein ganzes Vertrauen gesetzt hatte, weil er gewiß Earl of Downport wird, sondern sie hat auch eine Verbindung mit Herrn Mason, einem Geistlichen, einem armen Teufel mit elenden 100 Pfund jährlich, eingegangen.«

»Da sie einen so reichen Vater hat, denkt sie eben, daß ihr Mann nicht nöthig hat, reich zu sein.«

»Aber ich denke es; oder ich verlange wenigstens, daß er einen gewissen Rang habe, seine Armuth auszugleichen.«

»Welche Einwendungen hat sie denn gegen den Mann Ihrer Wahl?«

»Sie sagt, er sei ein Narr und ein schlechter Mensch, mit dem sie nichts zu thun haben wolle. Ich verlange nicht, daß mein Schwiegersohn ein weiser oder ein tugendhafter Mann sein soll, aber ich wünsche meine Tochter als Gräfin zu sehen. Was den Geistlichen betrifft, so hat sie versprochen, ihn nie ohne meine Beistimmung zu heirathen, die sie aber, so lange ich lebe, nie erlangen wird; nach meinem Tode aber habe ich durch mein Testament vorgesorgt, daß sie von den jährlichen 1000 Pfund, die ich ihr hinterlasse, nur 100 bekommt, wenn sie Masons Frau wird. Nun, lieber Doktor, wenn Sie nicht zugeben, daß die Stufenjahre etwas mit einem Unwohlsein zu thun haben, so werden Sie doch wohl zugeben, daß ich Plagen, Qualen und Widerwärtigkeiten genug gehabt habe, um die Gesundheit zu zerrütten?«

»Ich habe es immer gerne, wenn mir mein Kranker seine eigenen Eindrücke, die er für die Ursache der Krankheit hält, angiebt; bevor ich aber meine Meinung abgebe, müssen Sie mir zuerst die besonderen Symptome angeben. Sie haben einen unordentlichen, intermittirenden Puls, aber es fehlt Ihnen nicht an Kraft, denn Sie haben diese lange Unterredung ausgehalten ohne eine merkliche Erschöpfung.«

»Das ist rein zufällig, denn bisweilen werde ich von einem heftigen Zittern des Herzens, Schwindel im Kopfe, Geräusch in den Ohren, Funkeln vor den Augen befallen, welches Alles so lange anhält, bis ich unempfindlich werde und so bedeutend lange Zeit bleibe, ganz als wäre ich todt. Einmal blieb ich drei Stunden in diesem Zustande, und als ich mein Bewußtsein wieder erhielt, verging noch eine Stunde, ehe ich sprechen konnte. Vor ohngefähr einer Woche wurde ich, nach großer Niedergeschlagenheit des Körpers und Gemüths, plötzlich aller willkürlichen Bewegung beraubt; meine Glieder waren so steif, als wäre ich eine Statue; und während dieser Anfälle erschienen mehre Blattern auf meinem Körper, ein Uebel, dem ich nie zuvor unterworfen gewesen bin. Hier, Doktor, haben Sie alle Symptome meiner Krankheit; nun sagen Sie mir, was denken Sie von der Sache?«

»Da sind Zeichen von Synkope, von Lähmung und Katalepsie, aber Alles so komplicirt und in ungewöhnlicher Form, daß ich die eigentliche Natur Ihrer Krankheit nicht bestimmen kann. Aber zweierlei muß ich Ihnen frei bekennen – mir gefallen diese Paroxysmen, die einen sehr schlimmen Typus haben, nicht; ebenso wenig glaube ich, daß sie durch gemüthliche, wenn auch heftige Gemüthsbewegungen herbeigeführt worden sind. Ehe wir ein Heilmittel für Ihren zerrütteten Zustand angeben können, müssen wir erst versuchen die Ursache aufzufinden, die vielleicht einer kürzlichen Unmäßigkeit zugeschrieben werden muß – einem Exceß im Essen oder Trinken, oder irgend einer Abweichung von Ihrer gewohnten Diät.«

»Das ist falsch, lieber Doktor, denn ich habe meine gewohnte Lebensweise in keiner einzigen Rücksicht geändert, ausgenommen daß ich täglich zwei- oder dreimal von Raby's Restaurativ nehme.«

»Was zum Teufel ist denn das?«

»Wie ich Ihnen schon gesagt habe, glaubt mein Sohn Georg fest an die großen Gefahren der Stufenjahre, und da er gehört hat, daß diese Arznei die Lebenskräfte alter Männer sicher und auf eine wundervolle Weise wiederherstellt, so war er so freundlich, mir davon einen hinreichenden Vorrath von Newmarket zu senden, wo der, welcher ein Patent darüber hat, wohnt; und wenn ich mich schlimmer darauf befinde, so dringt er darauf, die doppelte Dosis als das einzige Hülfsmittel zu nehmen.«

»Und dabei hat er Ihnen gesagt, es sei nicht nöthig nach einem Arzt zu schicken! Sonderbar! Ich werde so oft zu Kranken gerufen, die sich bei dem Versuch sich selbst zu kuriren halb ums Leben gebracht haben, daß ich die Namen von Quacksalbermitteln recht wohl kenne, aber von Raby's Restaurativ habe ich noch nichts gehört. Haben Sie etwas von diesem kostbaren Mittel zur Hand?«

»Ja, da steht noch eine uneröffnete Flasche beim Spiegel.«

»Es ist aber keine Aufschrift an der Flasche, die doch bei patentirten Arzneien selten fehlt; auch ist der Name des Verkäufers oder Chemikers nicht angegeben, was ebenso ungewöhnlich ist.«

Nachdem der Doktor einige Zeit daran gerochen und mit der Spitze der Zunge vorsichtig davon gekostet hatte, fuhr er fort:

»Ich denke, ich kann *einen* von den Bestandtheilen errathen; wenn Sie mir aber erlauben wollen, die Mischung zu Hause zu analysiren, so werde ich besser darüber entscheiden können. Zugleich aber versprechen Sie mir, keinen Tropfen mehr davon zu nehmen, bis ich morgen wiederkomme.«

»Ganz recht; aber ich werde es vermissen, denn es ist eine sehr angenehme und gute Herzstärkung. Georg versichert mich, daß, wenn es in hinreichender Quantität genommen wird, es immer seinem Zwecke entspricht.«

»Sehr wohl; aber was *war* der Zweck? ich fürchte alle Quacksalbereien, wie ich Ihnen bereits gesagt habe, und noch mehr die Verordnungen von Amateurs.«

»Ach, Sie sind so mißtrauisch wie Sarah, die mich himmelhoch gebeten hat, das Restaurativ nicht zu nehmen. Das arme Mädchen! sie ist mir eine vorzügliche Wärterin gewesen, hat früh und spät für mich gesorgt, und war immer bei guter Laune, außer wenn ich darauf beharrte, Georgs Vorschrift zu folgen und mit der Herzstärkung zu steigen.«

»Ihre Blicke zeigen, daß sie zu viel gethan hat. Das darf nicht sein. Ich werde Ihnen bis morgen eine ordentliche Wärterin senden.«

»Was die Blicke des Mädchens betrifft, so kümmere ich mich nicht viel darum. Vielleicht kümmert sie sich um ihren armen Geliebten; übrigens müssen meine Kinder etwas für mich thun, denn gewiß ich habe viel für sie gethan, und nie angestanden, ihretwegen in meinen Verträgen einige Unregelmäßigkeiten zu begehen, wo ich dachte, daß es irgend geschehen könne; – immer dachte ich an sie.«

»Und vergaßen, wie es scheint, zuweilen sich selbst darüber.«

»Ich sollte diese kleinen Fehler Niemand mittheilen, und auch jetzt thue ich es in Vertrauen: mein Bekenntniß bleibt ganz *entre nous*.«

»Doch nicht ganz; ein Dritter hat Sie die ganze Zeit belauscht.«

»Gott sei mir gnädig! sprechen Sie nicht so. Wer? – Wo?«

»Der Doktor wies mit seinem Finger nach dem Himmel und schwieg.« Sonderbar! daß eine so einfache Bewegung mir ins Herz dringen und mich meine Augen mit einem Gefühl von Erniedrigung und Vorwürfen niederschlagen machen konnte. Erst nach einer bis zwei Minuten fand ich Muth zusagen: »Nein, lieber Doktor, Sie müssen nicht so strenge und zu catonisch sein, Jedermann betrügt das Gouvernement.«

»Aber Niemand betrügt Gott«, war die Antwort; und ich wünschte, mein Gegner möge weit weg sein, als er plötzlich ausrief: »Wie kommt es, daß Ihr Sohn Sarah zum Dispensator Ihres Quacksal-

bermittels, wenn es dieß ist, und zur Wächterin an Ihrem Kranken-
bette macht, da ihm doch selbst diese Pflichten zukommen?«

»Oh! Georg kann nie bei der großen Versammlung zu Newmarket fehlen, und er hat eines der ersten Rennpferde. Er ist immer
glücklich, wenn er mit seinem jungen Freunde, Sir Freeman
Dashwood, zusammen sein kann; ich habe ihm immer in seinen
Launen und Phantasien nachgegeben.«

»Ja sogar in den zweifachen Dosen von Raby's Restaurativ, obgleich es bis jetzt seinem Namen durchaus nicht entsprochen hat.
Ich will nach Hause eilen und Ihnen ein Alexipharmacum senden,
das ich Sie sobald als möglich einzunehmen bitte.«

»Wie eingenommen ihr Alle von langen Worten seid! Was der
Teufel sind denn Alexipharmaca?«

»Sie werden gewöhnlich angewendet, wenn wir die Gegenwart
eines Giftes in dem Körper vermuthen.«

»Gift! welch schrecklicher Gedanke! Gewiß, Sie vermuthen nicht,
daß ich vergiftet bin?«

»Es ist nicht mein Geschäft Verdacht zu hegen, sondern Sympto-
men zu begegnen; die Ihrigen aber gleichen sehr denen eines vergifteten Menschen. Vielleicht haben Sie, ohne es zu wissen, einen gifti-
gen Stoff in Ihren Körper bekommen, welchen wir so schnell als
möglich herauszuschaffen suchen müssen. Manche Menschen werden so hingerichtet, ohne daß sie es merken. Ihr Fall erfordert
schnelle Hülfe, deßhalb muß ich eilen nach Hause zu kommen. Ich
werde Sarah Anweisung geben, im Falle Sie des Nachts wieder
Anfälle bekommen sollten, und werde morgen zeitig wieder hier
sein.«

III.

Während ich Doktor Linnels Verdacht hinsichtlich Raby's Restaurativ für sehr unnöthig hielt, so konnte ich doch eine gelegentliche Befürchtung wegen der nachtheiligen Wirkungen auf meine Gesundheit nicht ganz abweisen. Daß die giftigsten Zusammensetzungen bisweilen unter dem Namen von Quacksalbermitteln verkauft werden, davon war ich völlig überzeugt; aber daß mein Sohn, den ich seit seiner Kindheit so sehr geliebt hatte, mir dieses Mittel so aufdringen sollte, wenn er nicht vollkommen von seinem Nutzen überzeugt wäre, das wollte mir nicht eingehen. Mit keinem gewöhnlichen Interesse stellte ich daher am folgenden Morgen Kreuzfragen über die Erfolge seiner Analyse; aber seine Antworten waren so vorsichtig, um nicht zu sagen ausweichend, daß es schwer war daraus einen bestimmten Schluß zu ziehen. Wenn ich indessen mehr nach Dem urtheile, was er voraussetzte, oder worauf er unbestimmt hindeutete, als was er wirklich sagte, so mußte ich glauben, daß seine Eindrücke ungünstig waren, namentlich wenn er von Neuem mit allem Nachdruck auf den Mangel des Namens des Verkäufers oder irgend einer Aufschrift auf der Flasche anspielte. Er wünschte mir Glück, daß ich das Mittel weggelassen habe, welches möglicher Weise – positiv wollte er es nicht behaupten – die Ursache meiner mysteriösen Krankheit sei; auch sprach er die Hoffnung aus, daß ihre Fortschritte durch den häufigen Gebrauch der von ihm verordneten Mittel aufgehalten werden würden.

Meine sonderbare Krankheit hatte aber so vollständigen Besitz von meinem Körper genommen, daß sie weder den kräftigsten Mitteln wich, noch der unausgesetzten und liebevollsten Sorgfalt meiner Tochter, die jetzt durch eine ordentliche Wärterin unterstützt wurde. Mit der eitlen Täuschung eines Invaliden hielt ich noch immer an der Vorstellung fest, daß mein Stufenjahr die Ursache sei, weßhalb die Mittel nicht wirkten; was aber auch die Ursache sein mochte, so konnte ich mir nicht verhehlen, daß meine Kräfte schnell dahin sanken. Die Störung aller meiner körperlichen Verrichtungen nahm zu, die ohnmachtähnlichen und kataleptischen Anfälle waren häufiger und von längerer Dauer; und obgleich, wie ich überzeugt war, meine persönliche Erscheinung auf keinen tödtlichen Erfolg hinwies, so hatte ich doch das Gefühl, als wenn das Leben von mir wiche. Unglücklicher Weise wurde der Doktor gerade jetzt zu seiner kranken Mutter nach Bath gerufen; da er indessen ausführliche Instruktionen über meine Behandlung hinterließ und bald wieder zurückzukommen hoffte, so gab ich nicht zu, daß man einen andern Arzt holte.

Seine Abwesenheit zog sich indessen unerwartet hinaus, und ich schleppte mich so ohne eine materielle Veränderung in meinem Zustande hin, bis eines Morgens ein plötzliches und ganz neues Gefühl meinen ganzen Körper lähmte. Mein Kopf schwindelte mir; es war mir, als wenn mir der Tod die Hand aufs Herz gelegt hätte, und ich hatte nur noch Athem genug, um zu flüstern: »Wärterin, ich sterbe! Alles ist vorüber! ich fühle es, ich ersticke. Nimm etwas von der Bettdecke weg.«

Dieses waren die letzten Worte, die ich vor meinem Begräbniß aussprach! So wunderbar und fast unglaublich auch die Sache scheinen mag, ich lag nur in einer kataleptischen Verzückung, denn obgleich meine Glieder steif wie die eines Todten ausgestreckt waren, so waren doch meine Sinne und mein Bewußtsein keineswegs erloschen. Ja, sie waren in gewisser Hinsicht erhöht, denn ich konnte ein entferntes Flüstern, das ich kurz zuvor nicht gehört haben würde, vernehmen; ein Auge, nur halb geschlossen, behielt seine volle Sehkraft, und obgleich das andere völlig geschlossen war, so kam es mir doch vor, als könne ich durch das Augenlid so deutlich sehen, als wär es eine Brille. Meine Zunge hatte alle Bewegungsfähigkeit verloren, ich war gänzlich sprachlos, aber mein verhindertes Athmen kämpfte zwischen Leben und Tod und rang sich mit einem gurgelnden und Erstickung verkündenden Geräusch aus der Brust.

Die fette Wärterin, die sich mir bisher mit einem mütterlichen Lächeln und einer schmeichelnden Stimme genähert und gesagt hatte: »Nun, mein lieber guter Herr, es ist Zeit, die Pillen zu nehmen. Wie gut sehen Sie diesen Morgen aus! Ich wette mein Leben, in acht bis vierzehn Tagen reiten Sie Ihren Schimmel wieder!« – dieselbe fette Wärterin hatte kaum den erstickenden Ton gehört, von dem ich gesprochen habe, als sie in ihrem natürlichen Accent rief: »Das ist das Rasseln des Todes! Es ist Alles vorbei, ganz gewiß, und hohe Zeit dabei, Gott weiß es. Ich will mich hängen lassen, wenn ich nicht dachte, der alte Esel würde nie sterben. Ich für meinen Theil kann nicht begreifen, wie Menschen sich so lange dabei aufhalten können. Wenn sie nicht sterben können, so sollen sie leben, und wenn sie nicht leben können, so sollen sie sterben.«

In das Visitenzimmer, mit welchem mein Schlafzimmer zusammenhing, eilend, raffte die Wärterin einen werthvollen Shawl meiner Tochter, als auch einen Tuchmantel von mir zusammen und breitete ihn über mich, was mich verwundert haben würde, da ich sie doch soeben gebeten hatte, einige Betten wegzunehmen, hätte ich nicht daran gedacht, daß diese raubsüchtigen Harpyien alles Das als ihr Eigenthum beanspruchten, was auf dem Bette liegt, wenn der Kranke stirbt. Oh! wie wünschte ich sprechen zu können, als ich sie nachher sagen hörte: »Der alte gute Herr sei ganz kalt und schwach geworden, gerade als sie weggegangen sei, und deßhalb habe sie ihn gut zugedeckt«. Sie fügte diesen ihren Beschäftigungen nichts weiter hinzu, als daß sie einige Kleinigkeiten einsteckte, die in dem Zimmer herumlagen, und dabei die herzbrechendste Miene annahm, die sie annehmen konnte. Mit einem Schnupftuch in der Hand stürzte sie hinaus, um meiner Tochter und dem Hausgesinde meinen Tod anzusagen.

IV.

Da Sarah zu Doktor Linnel geeilt war, um zu erfahren, welchen Tag sie auf seine Zurückkunft rechnen könne, indem ihre Ungeduld mit jeder Stunde wuchs, kam in einem Zwischenraum von zwei Stunden Niemand mehr in mein Zimmer. Während dem benutzte ich die Zeit, über meinen gefährlichen und beispiellosen Zustand nachzudenken. In allen meinen früheren Anfällen hatte die Seele mit der aufgehobenen Vitalität des Körpers sympathisirt, aber jetzt hatte ich vitale Sinne und Empfindung in einer todten Hülle. War diese Trennung beider Provinzen nur temporär? Wie lange würde sie dauern? wie endigen? Was war mein endliches Schicksal? Ich hatte von entkörperten Geistern gelesen, und ich konnte mir die Fortdauer einer solchen getrennten Existenz denken; aber was mich anging, so war ich lebend in meinem eigenen Körper begraben – bestimmt vielleicht, scheußlich und auf eine ekelhafte Weise zu sterben, wenn meine körperlichen Theile sich versetzten und faulten. Auch hatte ich von traurigen Opfern gelesen, die, in ohnmacht-ähnlichem Zustande beerdigt, sich in ihrem Sarge umgedreht hatten; ferner von solchen, die sich selbst herausgearbeitet hatten und als elende Skelete in einem Winkel des Grabgewölbes gefunden wurden, wo sie vor Hunger und Erschöpfung umgekommen waren. Innerlich zusammenschaudernd vor solchen schrecklichen Gedanken, hing ich mich an die Hoffnung, daß, obgleich mein jetziger furchtbarer Anfall bestimmt von allen vorhergehenden verschieden war, er nach etwas längerer Zeit, gleich ihnen, mit der Wiederbelebung endigen werde.

Während ich nun so über mein Schicksal nachdenkend zwischen Furcht und Hoffnung schwebte, trat meine Tochter ein, brach in einen Strom von Thränen aus, küßte mich auf meinen unempfindlichen Mund, kniete an meinem Bette und betete lang und innig, daß meine Ohnmacht mich verlassen möge, denn trotz der sicheren Ueberzeugung meines Todes wollte sie doch die Hoffnung auf meine Wiederherstellung nicht aufgeben. Einige indessen von den Hausbewohnern, insbesondere die Wärterin, welche den Besitz des Shawls sich gesichert wünschte, hielten mich für unzweifelhaft todt, denn ich hörte die Mägde die Fensterladen in den anderen Zimmern schließen und sah manche auf den Tod bezügliche Vorbereitungen, auf welche ich mit Gefühlen lauschte, die alle Vorstellungen übersteigen. Das Haus war jetzt ruhig, nur gelegentlich schlugen Töne ominös und bedeutungsvoll an mein Ohr, denn jede vorübergehende Stunde, welche die Glocke im Vorsaal anzeigte, schien die Todtenglocke zu sein, welche meinen Tod bestätigte und mich dem erschrecklichen Augenblick, wo ich lebendig begraben werden sollte, näher brachte. Zu Zeiten waren auch andere Töne zu unterscheiden; und wenn ich das Knarren der Räder auf der Straße, das Pfeifen eines Eisenbahnzuges, das Klappern und Schnattern meiner Domestiken beim Mittagsessen hörte, so schien es mir gefühllos und unnatürlich, daß die Leute an dem Tage meines einmal angenommenen Todes ihren gewöhnlichen Beschäftigungen nachgingen, und daß meine eigenen Leute es sich wie gewöhnlich schmecken ließen, als wenn gar nichts vorgefallen wäre.

So blieb ich denn ohne alle andere Begleitung allein bis zum Abend, als das Mädchen meiner Tochter und die Hausmagd, nachdem sie sich feierlich verpflichtet hatten, sich gegenseitig beizustehen, es möge auch geschehen was da wolle, und nachdem sie sich die Hände gegeben zur Bekräftigung ihres Vertrags, sich auf den Fußzehen in das Zimmer stahlen, um einen Blick auf mich zu werfen, denn keine von ihnen hatte je einen Todten gesehen. Indem sie verstohlen und schräge nach mir hin schauten, als wenn es mein Geist wäre, der da läge, flüsterten sie sich gegenseitig zu, ich sähe ganz und gar aus, als wenn ich schliefe, ohngeachtet doch die Wärterin behauptet habe, ich sei so todt wie ein Thürnagel. Beide erklärten, ich wäre kein rechter Gentleman, wenn ich nicht in meinem letzten Willen aller meiner Diener gedacht hätte; als man endlich auf Trauer zu sprechen kam, erklärte die eine, ihr Kleid solle vorne zugemacht werden, und die andere sprach von einem sehr schönen Muster für ihre weiße Musselinhaube. Aber ihr Gespräch drehte sich nicht blos um solche geringfügige Dinge, denn das Mädchen meiner Tochter erklärte auf Autorität ihrer Herrin, daß Doktor Linnel vor seiner Abreise an Georg geschrieben habe, er solle unverzüglich kommen; auch habe Miß Sarah gesagt, sie hoffe, er werde am nächsten Morgen kommen; der Doktor werde aber den nächst darauf folgenden Tag erwartet. Hierauf schlichen sie sich weg und hielten ihre Hände noch immer zusammen.

In diesen Gesprächen lag kein geringer Trost. Sollte ich wieder erwachen, so würde mein Sohn eine gute Gelegenheit haben, sich von allem Verdacht hinsichtlich des Restaurativs zu reinigen, auf das ich noch immer die Hoffnung setzte, daß es mir helfen würde. Sollte aber meine Ohnmacht fortdauern, so brauchte ich nicht zu fürchten, lebendig begraben zu werden, denn Linnel würde lange vor meiner Beerdigung an meinem Bette gewesen sein, und er war ein zu geschickter und erfahrener Arzt, um nicht zwischen wirklichem und Scheintod unterscheiden zu können. Indem nun so mein größter Schrecken vorüber war, zählte ich geduldig die Glockenschläge bis zu meiner gewöhnlichen Schlafenszeit, in der Hoffnung, dann einzuschlafen und so einer langweiligen, langen und schlaflosen Nacht zu entgehen. Aber der Schlaf ist eine Vorkehrung der Natur, des Tages Mühen und Lasten wieder auszugleichen; in meinem kataleptischen Zustande war aber kein solcher Aufwand körperlicher Kräfte vorhanden, folglich auch kein Bedürfniß nach Ruhe. Vielleicht war auch mein Gemüth zu sehr aufgeregt, um zur Ruhe und Vergessenheit zu kommen; vielleicht mochte auch meine Ohnmacht – Existenz – ein immerwährendes Bewußtsein, folglich ein unabänderliches Elend sein. Solch ein Zustand mußte zur Verrücktheit führen; aber wie konnte ein Mann verrückt und bewegungslos sein, ein Irrer und eine Statue? welches unbeschreibliche Elend, wenn man sein Gehirn in einem irren Zustande wüthen und rasen fühlt, der für sein Wüthen keinen Ausweg, weder durch die Explosionen der Stimme, noch durch die konvulsivischen Bewegungen seiner Gliedmaßen finden kann! In solchen Gedanken schleppte sich die erste Nacht meines lebenden Todes langsam hin.

V.

In diesem verlassenen Zustande und mit dieser schrecklichen Aussicht vor mir kündigte mir das dämmernde Licht und das Zwitschern der Vögel, welches lieblich zu meinen Ohren drang, den jungen Tag an. In der ersten Frühe erschien meine Tochter wieder in meinem Zimmer, fuhr schaudernd zurück, indem sie mich auf den Mund küßte, und rief mit bewegter Stimme: »Kalt, ganz kalt! ich fürchte, es ist keine Hoffnung mehr. Armer theurer Vater!« Dem ohngeachtet verzweifelte sie nicht; denn sie kniete nochmals nieder und betete inbrünstig für meine Wiederherstellung; darauf verließ sie weinend das Zimmer. Es war dieser Beweis kindlicher Zuneigung unendlich rührend für mich, obschon nicht ohne Beimischung von Vorwürfen, denn ich fühlte, daß mein Benehmen gegen das arme Mädchen in der jüngsten Zeit mich wenig zu einer solchen zärtlichen Aufopferung berechtigte.

Verschiedene Klänge drangen nun von außen zu mir herein: das Pfeifen des in Acker fahrenden Bauers, das Wetzen der Sense, das Brüllen des Viehs, das Krähen der sich gegenseitig zurufenden Hähne; und während ich mit Wohlgefallen diesem ländlichen Chor lauschte, sah ich – vermöge meiner Art von Clairvoyance, von welcher ich keine weitere Rechenschaft geben kann – ganz deutlich und lebendig die ganze Morgenlandschaft, so weit sie durch die Fenster meines Zimmers übersehen werden konnte. Die Blätter der weißen Aeschen, in den Sonnenstrahlen schimmernd, glichen ebenso vielen blinzelnden Augen; die in der Luft schwankenden Fichten und Pappeln schienen sich auszustrecken, als wollten sie den Schlaf abschütteln; der Fluß, bewegt durch die Luft, vertheilte Seitenblicke über jede Blume, vor der er vorbeizog, die vergoldeten Spitzen der fernen Hügel glänzten in dem blauen Himmel, während ihre Grundfläche noch in Nebel gehüllt war, der allmählig in die Höhe stieg, und Alles wurde hell und prächtig, als feierten Himmel und Erde ihren Hochzeittag. Wie lange ich so auf diesem schönen Bilde mit meinen Blicken verweilte, weiß ich nicht, aber wahrscheinlich mußten einige Stunden darüber hingegangen sein, denn der Tag hatte bereits Fortschritte gemacht: da wurde meine Aufmerksamkeit durch die Eröffnung des Sprechzimmers gefesselt, und ich hörte die wohlbekannten Fußtritte meines Sohnes Georg.

Als er an mein Bett trat, betrachtete er mich einige Sekunden still-schweigend, worauf er mit gefühlloser Ueberraschung ausrief: »Man soll mich hängen, wenn man in des Gouverneurs Aussehen eine auffallende Veränderung sieht; vielleicht ein wenig blasser, und nichts weiter.« Er legte, seine Hand auf meine Wange und dann auf mein Herz, indem er fortfuhr:»Keine Pulsation! und das kalte, klebrige Gesicht einer Leiche! Ja, ja, er ist wirklich todt. Zu bewundern ist nur, daß er so lange ausgehalten hat.« Ach, wie sehr wünschte ich jetzt plötzlich zu erwachen, um aus dem Bette sprin-gen, ihn bei der Brust fassen und laut schreien zu können:»Spitz-bube! betheuertest Du nicht immer, daß ich schnell genesen solle, wenn ich nur doppelte Dosen von Deinem höllischen Restaurativ schlucken wolle? Und nun wunderst Du Dich, daß es mich nicht früher tödtete?«

Aber ach! was meine körperlichen Kräfte anging, war ich ja wirk-lich eine Leiche.»Ich muß meine Einsicht in seinen letzten Willen haben«, waren die nächsten Worte, die ich vernahm.»Der Vater sagte mir vor einiger Zeit seinen Inhalt; fast Alles hinterläßt er mir: aber Sehen ist Glauben. Ich würde es in dem kleinen Schubfach des schwarzen Schreibtisches finden, sagte er.« Er begab sich nun un-verzüglich nach diesem Möbel, das in dem anstoßenden Sprech-zimmer stand; da aber die Thüre zwischen beiden Zimmern offen stand, so war ich im Stande, Alles zu überwachen, was er vornahm, und seine Bemerkungen dazu zu hören. Nachdem er meinen letzten Willen aus dem Fache genommen, öffnete er die Fensterladen, setz-te sich an das Fenster und überlief ihn langsam, indem er dabei von Zeit zu Zeit ausrief:»Ganz recht – ganz recht – Alles, mein – es ver-steht sich und kann nicht anders sein; ein einziger Sohn. Aber wo in der Welt dachte mein Vater hin, daß er Sarah so viel hinterließ? Was brauchen die Weiber Geld? Es macht sie ja nur zur Beute von Glücksjägern. Gut ist es nur, daß sie ausgeschlossen ist, wenn sie den armen Pfarrer heirathet. Wir brauchen keine Bettler oder Bett-lersbrut in der Familie, die uns immer um Unterstützung quälen. Aber, was ist das? noch eine Schrift!« Indem er dieß sagte, öffnete er das Codicill, überlas es, und rief, als er es ganz erstarrt geendigt hatte:»Verdammt! das ist eine schöne Geschichte! – Alles ist dem Landkrankenhause verfallen, wenn ich Julie Thorpe heirathe, das einzige Mädchen in der ganzen weiten Welt, welches ich zu heirathen wünsche, ein Mädchen, das mir so leidenschaftlich zugethan ist und die – es würde ein offenbarer Raub sein! Nie hörte ich von einer solchen Grausamkeit, von so etwas Abscheulichem und Unnatürlichem. Aber ich werde mich einer solchen Plünderung nicht unterwerfen; nein, ich bin kein solcher Esel. Ich werde Julie bekommen, und das Vermögen dazu, so wahr ich Georg heiße; und was mehr ist, ich werde keinen Augenblick weiter verlieren, mir beide zu sichern. Der Gouverneur dort kann nicht klagen, denn todte Leute erzählen keine Geschichten; ebenso wenig kann es ein verbranntes Codicill, so gehe es denn ins Feuer.« Bei diesen Worten schloß er die Fensterläden wieder, verschloß die innere Thüre, so daß er nicht beobachtet und überrascht werden konnte – warf das Codicill in das Feuer, indem er genau auf dessen Verbrennung achtete, und sagte dann, spöttisch nach dem Bette hinschauend, im triumphirenden Tone: »Gut, alter Herr! bei *diesem* Kniff hast Du nicht viel gewonnen. Das Vermögen wird mein sein, und Julie wird mein sein, und alle Codicille in der Welt können mir sie nicht nehmen. Den Gouverneur haben wir tüchtig angeführt. Ha! ha! ha!«

Dieses Lachen erschien mir unbeschreiblich häßlich und empörend, ja ich möchte sagen teuflisch; es kam von einem nichtswürdigen Menschen, der seinem Opfer gegenüberstand, und dieses Opfer war sein Vater, der ihm nie eine Bitte versagt hatte! Der Verrath in seinem von mir vernommenen Selbstgespräch und seine schändliche Vernichtung des Codicills hatte allen Glauben an seine Unschuld, an dem ich so beharrlich festgehalten hatte, verscheucht, und ich konnte nicht länger der Ueberzeugung entsagen, daß er recht gut die giftige Wirkung des Restaurativs gekannt, und daß er es wahrscheinlich mit seinen eigenen vatermörderischen Händen zusammengebraut habe. Die erfolgreiche Vernichtung schien ihn in einen Zustand von Trunkenheit und Aufregung versetzt zu haben, denn er warf seine Arme wild umher, ging rasch im Zimmer auf und ab, schritt in das Schlafgemach, schnappte triumphirend mit den Fingern und sprach in unzusammenhängender Weise, er wolle sogleich seine Julie heirathen, seine Freunde in Newmarket zur Hochzeit einladen, Jagdhunde anschaffen und seine Keller mit den seltensten Weinen füllen, die nur zu haben wären. Mitten in diesen schwelgerischen Phantasien hörte man ein Geräusch an der Thüre des Sprechzimmers. Sogleich verwandelten sich die strahlenden

Züge seines Gesichtes in die der Unruhe; auch seine Stimme verrieth Unruhe. »Wer ist da? – wer ist da? was wollt Ihr?« rief er.

Die Antwort konnte ich nicht vernehmen, aber die Thüre wurde aufgeschlossen und geöffnet; meine Tochter trat ein, mit der Frage, weßhalb er sich eingeschlossen habe, worauf er aber keine Antwort gab, sondern nur begierig fragte:

»Wann, sagtest Du, daß Doktor Linnel zurückkäme?«

»Uebermorgen.«

»So bald! verteufelt unglücklich!«

»Ich dachte, Du würdest Dich freuen, daß wir ihn Freitag Nachts oder Sonnabend Morgens sehen würden.«

»Sarah, die Beerdigung *muß* am Freitag stattfinden – hörst Du – am Freitag.«

»Lieber Georg, wie kannst Du so unvernünftig sprechen! Mein armer Vater würde dann erst drei Tage todt sein. Welchen Grund giebt es in der Welt, weßhalb man das Begräbniß so vor der gewöhnlichen Zeit beeilen sollte?«

»Welchen Grund? Tausend – zehntausend; jeder stärker als der andere. Ich denke, Du bist wenigstens überzeugt, daß unser Vater todt ist?«

»Ach leider kann ich daran nicht länger zweifeln.«

»Und Du wirst, denke ich, zugeben, daß, wenn wir ihn noch sechs Monate aufheben, er dann nicht weniger todt sein wird als jetzt?«

»Das ist kein Grund für eine so unschickliche Eile und für einen so gänzlichen Mangel an kindlichem Gefühl und Ehrfurcht. Was würde die Welt zu Deinem Benehmen sagen? und welchen Grund würdest Du ihr gegenüber angeben?«

»Die Welt vermag einen Mann nicht zu kritisiren, der jährlich sieben- bis achttausend Einkommen hat; und wenn meine Gründe mich selbst zufrieden stellen, dann ist es genug. Höre, Sarah! Bevor ich Newmarket verließ, erhielt ich einen unverschämten und schlauen Brief von Doktor Linnel, worin er mir fünfzig Fragen über Raby's Restaurativ stellt. Ich habe nicht nöthig Dir zu sagen, was für ein halsstarriger, argwöhnischer Bursche er ist, und daß er etwas darin sucht, die Todesursache irgend eines Menschen aufzufinden. Es ist sein Steckenpferd, seine Monomanie, und deßhalb habe ich nicht den geringsten Zweifel, daß er auf einer Sektion der Leiche bestehen wird. Du weißt aber, welchen unüberwindlichen Widerwillen unser Vater gegen eine solche Art von Verstümmelung hatte. Auch meine eigenen Gefühle sind gegen ein solches barbarisches und unehrerbietiges Verfahren; und so habe ich denn, um allen Streit und allen Verdruß zu vermeiden, beschlossen, daß die Beerdigung sogleich vorgenommen werde.«

»Aber warte doch die Rückkehr des Doktors ab, wenn Du auch keine Nachsicht mit Dem hast, was Du seine Monomanie nennst.«

»Das könnte einen schlimmen Verdacht erregen und zu tausend Vermuthungen und Anspielungen Anlaß geben, die man besser vermeidet.«

»Mir scheint es, daß eine solche ungewöhnliche Uebereilung mehr geeignet ist, unangenehme Bemerkungen hervorzurufen.«

»Liebe Sarah, Du weißt nichts von solchen Dingen. Ich bin einziger Exekutor, ich kann thun, was mir beliebt; ich will, daß mein Vater am Freitag beerdigt wird, und ich habe befohlen, daß der, welcher die Leiche besorgt, diesen Nachmittag hier ist, um meine Befehle zu erwarten; und nun sprich kein Wort mehr über die Sache.«

VI.

Es war nun klar und unbestreitbar, daß ich absichtlich von meinem höchst undankbaren und unnatürlichen Sohn vergiftet worden war, und daß ich in der größten Eile unter die Erde gebracht werden sollte, damit nicht nach der Zurückkunft des Doktors Linnel, durch eine genauere Untersuchung der Leiche, die Schurkerei entdeckt werden möge. Der leidigen Hoffnung, die mich bisher aufrecht erhalten hatte, – der Aussicht auf ein Wiedererwachen während der Zeit, die gewöhnlich zwischen Tod und Begräbniß liegt, – folgte jetzt eine gänzliche Verzweiflung, gesteigert noch durch die äußerste Wuth gegen den Verworfenen, dessen Machinationen ich zum Opfer gefallen war, und ein Gefühl unaussprechlichen Abscheus und Schreckens bei dem Gedanken lebendig begraben zu werden. Dieser Vulkan der glühendsten Leidenschaft brannte im Inneren mit so größerer Energie, weil er sich weder durch Stimme noch Geberde nach außen entladen konnte. Aechzen und Schreien, ungestümer Angriff oder konvulsivische Bewegungen sind die Ausbrüche, durch welche die Natur für die Manifestation und Linderung geistiger und körperlicher Leiden gesorgt hat; aber während meine Angst wahrscheinlich mehr akut war, als ein menschliches Wesen je vorher erduldet hatte, und während mein Leben noch durch die Aeußerung eines Tones oder die Bewegung eines Fingers hätte gerettet werden können, blieb ich stumm, hülflos und unbeweglich – eine lebende Leiche! Man sollte glauben, mein elender Zustand hätte sich kaum noch steigern können, aber die Notwendigkeit, auf die herzlosen, lästerlichen Reden meines Sohnes zu lauschen, machte meine Zungenlahmheit tausendmal unerträglicher.

Ach! ich war leider verurtheilt, noch mehr Empörendes, noch mehr kaltblütige Befehle von dem Vatermörder – denn so konnte man ihn seiner Absicht nach nennen, obgleich seine strafbare Absicht bis jetzt noch nicht erreicht war – zu vernehmen. Nicht sehr lange nachdem meine Tochter das Zimmer verlassen hatte, erschien der Leichenbesorger mit seinem handwerksmäßigen traurigen Gesicht und ging so geräuschlos, als wenn er fürchtete durch seine Tritte den Verstorbenen zu wecken und dadurch um seine Gebühren zu kommen.

»Gut, Thomkins«, sagte der junge Teufel, der seine Trauer durch eine Bouteille Madeira und einige Sardellen zu beschwichtigen suchte, »Ihr wißt, weßhalb ich nach Euch geschickt habe.«

»Ja, Herr, ein trauriges Geschäft, eine betrübte Angelegenheit; ich bedauere es sehr, daß ich davon höre.«

»Kommt, kommt, Thomkins; keinen Humbug, kein Geschwätz! Welcher Leichenbesteller bedauert es, von einem Todesfall zu hören? Unsinn! die Menschen müssen sterben, sind von jeher gestorben und werden sterben; darin liegt nichts Neues, und darum habt Ihr auch nicht nöthig, so traurig darein zu sehen. Jetzt zu unserem Geschäfte! Ich wünsche, daß der alte Herr ein schönes Leichenbegängniß bekomme.«

»O gewiß, Herr, gewiß. Ein Herr von Ihrem schönen Vermögen kann verlangen, daß Alles anständig sei.«

»Ja, aber ich bin nicht Willens, es Euch zu überlassen. Hier sind meine Befehle, Alles schriftlich. Nichts Besonderes, wie Ihr seht; Alles kann leicht hergerichtet werden, und so, denke ich, kann das Leichenbegängniß am Freitag sein.«

»Was? am Freitag, sagen Sie, Herr? Das sind ja nur drei Tage nach dem Tode; wenige Menschen werden unter einer Woche beerdigt, wenn nicht besondere Umstände vorhanden sind.«

»Gut, aber hier *sind* besondere Umstände vorhanden. Er starb an einer ansteckenden Krankheit von sehr bösartiger Natur, und der Lebenden wegen müssen wir ihn so schnell wie möglich unter die Erde bringen. Ich glaube, bis nächsten Freitag könnt Ihr Alles in Bereitschaft haben – ja bis dahin *muß* es sein.«

»Es fragt sich nur, ob bis dahin der bleierne Sarg in solcher Eile gefertigt werden kann. Sehen Sie, Herr Briggs muß erst kommen und das Maß nehmen; dann –«

»Weßhalb? Wir brauchen gar keinen solchen. Ein Sarg von Ulmenholz wird ihn enge genug zusammenhalten, denke ich. Fürchtet nicht, daß die Leiche wieder herauskommt.«

»O nein, Herr! dafür drängen wir ihn zu dicht hinein; aber wenn wir Einen in ein Grabgewölbe beerdigen (das Ihrige ist ein vortreffliches, Herr!), nimmt man gewöhnlich Blei.«

»Gut, gut, der alte Herr wird bei seiner Familie sein, und wenngleich Verwandte sich gerne im Leben streiten, so hoffe ich, sie werden doch gute Freunde nach dem Tode. Gewiß habt Ihr nie gehört, daß ihre Särge aneinander rannten, nicht wahr?«

Gekitzelt von diesem albernen Einfall, brach er wieder in ein so unsinniges und scheußliches Gelächter aus, wie es mich schon früher empört hatte; und als er den Leichenbesteller unter Erneuerung seiner bestimmten Befehle entlassen hatte, ging er das Zimmer auf und ab, nahm ein frisches Glas Madeira, schwang phantastisch seine Arme und lächelte, indem er zu sich selbst sagte: »Eine kapitale List mit dem bösartigen Fieber! Thomkins wird es allenthalben ausbreiten, und so ist die Eile erklärt. Gut, gut!«

VII.

Aufs Neue der Einsamkeit, dem Schweigen und meinen eigenen trüben Gedanken hingegeben, hatte ich keine andere Beschäftigung, als daß ich jeden Glockenschlag zählte, der mich sechzig Minuten näher zu meiner lebendigen Einsargung brachte, ein Gedanke, der mich mit wachsendem Entsetzen erfüllte, da die Aussicht, ihr zu entrinnen, mit jeder Stunde schwächer wurde. Am folgenden Tage gaben mir die schrecklichen Processe der Vorbereitung für das Grab einen furchtbaren Vorgeschmack des mir bevorstehenden Schicksals. Der Leichenbesteller kam, um das Maß zum Sarg zu nehmen; er maß die Dimensionen meines Körpers mit solcher Gleichgültigkeit, als wenn ich ein Scheit Holz wäre; mit einem gefälligen Lächeln bemerkte er, daß er schon einen fertigen Artikel zu Hause hätte, der gerade passen würde – ein glücklicher Umstand, da er so wenig Zeit hatte. Zwei seiner Leute drehten mich nun ohne die mindeste Ceremonie um, um mir mein Sterbekleid anzuziehen – das Hofkleid, in welchem wir uns Alle bei dem großen Lever des Königs der Schrecken zeigen. Es lag etwas Lächerliches und Abstoßendes in der ausgesuchten Toilette, mit der sie eine todtenblasse Leiche zierten, die in Kurzem ein noch bleicheres Skelet werden sollte. Währenddem war ihre rohe Sprache nicht weniger beleidigend als die fühllose Vertraulichkeit, mit der sie ihre Geschäfte verrichteten. »Ich sage, altes Vieh«, rief Einer, legte seine schmutzige Hand auf meine Stirne und moralisirte mit offenbarem Wohlgefallen über meinen Zustand. »Ich sage, altes Vieh, alle Euer Geld hilft Euch jetzt nichts, wie Ihr seht, wenn es einmal dahin kommt; und die Leute sagen, Ihr seiet nicht eben bedenklich gewesen, es zusammenzuscharren. Ihr seid nun auch nichts Besseres als Andere, obgleich Ihr Euren Kopf so hoch getragen habt; ein Trost ist es noch, daß Ihr da zur Rechenschaft gezogen werdet, wo Ihr jetzt hingeht. Wenn Ihr mir Euer ganzes Vermögen und all Euer Gold in der Bank geben wolltet, ich würde doch nicht mit Euch tauschen. He, Joe, Joe«, fuhr er fort, indem er sich zu einem Jungen an seiner Seite umdrehte; »nun siehst du, wie wahr es ist, daß ein lebender Hund besser ist als ein todter Löwe!«

»Ganz recht, Herr Hodges«, war die Antwort.

Dieß war ohngefähr der Ton dieser Unterhaltung, die ich zu belauschen verurtheilt war, und ich brauche wohl nicht hinzuzufügen, daß sie nicht geeignet war, das Gemüthsleiden zu vermindern, das mich bereits überwältigte.

So lag ich da, zum Opfer bestimmt, die traurigen Stunden in unbeschreiblicher Trostlosigkeit und Verzweiflung bis zum unglücklichen Freitag zählend, der mein schreckliches Geschick vollenden sollte. Früh Morgens wurde mein Sarg gebracht und an mein Bett gestellt. Meine ganze Seele erbebte davor mit einem Abscheu, der um so stärker war, als mein Widerwille sich nicht äußern konnte. Hodges, des Leichenbestellers Gehülfe, zog den Schirm am Fenster auf und sagte, zum Bette zurückkehrend:

»Ich will nicht ehrlich sein, wenn ich je ein so frisch aussehendes starres Vieh gesehen habe (dieß war sein roher Name für Leiche), man sollte darauf schwören, daß er nur schliefe. Glaube mir's, er ist nur drei Tage todt, und wir packen nicht oft Einen so frisch ein. O, der ist nicht der Geringste in der Welt, der sich aufbläht. Manche Todte wissen nicht, was sie für Plage machen, und schwellen, wenn sie gemessen worden, so auf, daß man eine gute Stunde damit zu thun hat, sie in ihren hölzernen Kasten einzudrücken. Hier werden wir so viel Arbeit nicht haben. Du wirst sehen, der alte Kerl wird sich darein schicken wie ein Lamm. Nimm eine Hand, und laß uns ans Werk gehen.«

Der Sarg war auf ein hohes Gestell gebracht worden, und da ich aus dem Bette gehoben wurde, um hineingelegt zu werden, lag mein Kopf einige Sekunden lang höher, und ich empfing durch das Fenster einen hellen Blick – wie ich damals glaubte, den letzten – von der äußeren Welt. Ach! wie unendlich reizend, wie unaussprechlich angenehm, schön und herrlich erschien sie mir! Das sanfte Auge Gottes strahlte an dem wolkenlosen Himmel; die Vögel, berauscht vom Sonnenschein, sangen ihre munteren Lieder; der Wechsel von Licht und Schatten verlieh Hügel, Thal und Hain, Erde und Wasser ein pittoreskes Ansehen; Alles war Leben und Bewegung in der Natur; und in dem nahen Gehäge sah ich den Schimmer der weißen Bergspitze, der ich so manchen angenehmen Spazierritt verdankte und deren Rücken ich nie wieder beschreiten sollte! Nie erschien mir die Natur so blühend, so lieblich; nie hing ich mit solcher Liebe und so schmerzlich am Leben, als in dem Augenblick, wo ich durch Mörders Hand aus der Welt entfernt werden sollte.

Nachdem ich nicht ohne manchen rohen und gefühllosen Spott von Seite Derer, die dieses Geschäft auszuführen hatten, in mein schmales Behältniß gebracht worden war, war ich wieder der Einsamkeit und meinen eigenen traurigen Gedanken überlassen. Während ich damit beschäftigt war, den Verlauf der Zeit mit immer wachsendem Entsetzen zu berechnen, hörte ich Fußtritte nahen; meine Tochter beugte sich zärtlich über mich, küßte mich zu wiederholten Malen, während ihre Thränen auf mein Gesicht fielen. Fast unhörbar flüsterte sie: »Lebe wohl für ewig, mein theurer, theurer Vater!« Hierauf entfernte sie sich schluchzend aus dem Zimmer. Dieser Beweis kindlicher Zuneigung war mir höchst erquickend und werthvoll, obschon er die schreckliche Katastrophe, die mir bevorstand, nicht einen Augenblick aufschieben konnte.

VIII.

Während ich noch über den Besuch meiner lieben, guten Tochter nachdachte, der nicht ganz ohne beruhigenden Einfluß auf meine Seele war, wurde ich durch das Läuten der Kirchenglocke erschreckt, wohl zu allen Zeiten ein feierlicher und eindringender Ton, aber ach! wie unbeschreiblich feierlich und beunruhigend für mich, der ich das Läuten zu meinem eigenen Leichenbegängniß, zu meiner eigenen baldigen Beerdigung hörte! Alle Spuren von Hoffnung, an denen mein Herz noch hing, gingen zu Grunde, und meine Verzweiflung erreichte den höchsten Grad, als der Gehülfe in das Zimmer zurückkehrte und den Deckel des Sarges zuschraubte, eine Operation, die er mit einer Geschwindigkeit ausführte, die mich überraschte. Nach kurzer Zwischenzeit kamen auch seine Gehülfen hinzu und nahmen mich auf ihre Schultern; ich wurde durch das Sprechzimmer und den Vorsaal getragen und endlich auf einen Leichenwagen geschoben, dessen Thüren einige Minuten offen geblieben sein mußten, da ich viel von dem, was um mich vorging, deutlich hörte. Ich vernahm meines Sohnes Stimme, der nicht nur mit Gleichgültigkeit, sondern mit großem Leichtsinn zu seinem Newmarketer Freund, Sir Freeman Dashwood, sprach. Derselbe war ohne Zweifel mehr deßhalb eingeladen worden, um des Sohnes Erbfolge zu feiern, als dem dahingeschiedenen Vater seine Ehrfurcht zu bezeigen. Das Stampfen der Pferde, das Rollen der Wagen und andere Zeichen verriethen mir, daß es meinem Leichenbegängnisse an den gewöhnlichen Paraphernalien nicht fehlen sollte; ich sollte meinen Triumphzug nach dem Grabe mit allem dem Blendwerk irdischer Größe machen, welches man gewöhnlich auskramt, wenn die Leiche eines Vornehmen den Würmern zur Speise Preis gegeben wird. Ein Führer mit schwarzem Stab ordnete den Zug, gefolgt von Pferden mit nickenden Federn und Decken von schwarzem Sammet, und Trauerwagen, deren Inhaber nichts weniger als Trauernde zu sein schienen, Fußgänger mit Stäben und der ausgeschmückte Leichenwagen in langsamem und feierlichem Zug brachten Erde zu Erde mit allem Glanz und Pomp, der am Ende nichts weiter ist als – *Staub*!

Nach der Ankunft dieses leeren Gepränges, dieser Eitelkeit aller Eitelkeiten, an der Kirchenthüre wurde der Sarg in das heilige Gebäude getragen, und der Trauergottesdienst, von dem ich nicht ein Wort verlor, wurde von Herrn Mason, dem Prediger, mit ungewöhnlichem Nachdruck und Gefühl abgehalten. Wenn ich bedachte – und ich hatte Zeit zum Denken in dieser beunruhigenden Lage –, daß ich nicht allein diesem begabten und vortrefflichen Manne die Hand meiner Tochter verweigert, sondern sie auch arm gemacht hatte, wenn sie ihn nach meinem Tod heirathete, und dieß Alles um meinen unnatürlichen Sohn zu bereichern, so ergriff mein Herz Schmerz, unaussprechliche Scham und Reue. Ach, was sind wir doch blind und in der Irre befangen, wir armen Sterblichen! Wie oft und wie vollständig würden wir unseren letzten Willen ändern, könnten wir nur wenige Tage oder auch nur Stunden in die Zukunft sehen.

Verhärtet aber muß das Herz des bloßen Zuschauers sein, wenn der Sarg niedergelassen wird, und er hört das schaurige Rasseln des Deckels und die feierlichen Worte: »Erde zur Erde, Asche zu Asche, Staub zu Staub.« Er kann nicht ohne Rührung bleiben, wenn ihm eine vernehmliche Stimme, als käme sie aus dem Grabe, sagt, daß ein Nebenmensch zu seiner letzten Ruhestätte bestimmt ist, wohin er ihm vielleicht selbst in nicht gar langer Zeit unvermeidlich folgen muß. Welche Wirkung mußte sie aber auf mich haben, dem diese Stimme ein förmliches Todesrasseln war, das alle Hoffnung gänzlich vernichtete und meine düsteren und traurigen Vorstellungen zur wahren Verzweiflung steigerte? Wenige Stufen auf dem Kirchhofe, gewöhnlich mit einer Steinplatte bedeckt, leiteten zu der Thüre unseres Familienbegräbnisses. An diesen Ort wurde ich gebracht; ich wurde in das Grab getragen; auf Anordnung des Gehülfen des Leichenbestellers wurde ich auf den Boden in der Nähe des Einganges gesetzt; der Mann zog sich zurück; die Thüre wurde verschlossen; ich hörte die Fußtritte der weggehenden Zuschauer; Alles war vorüber! ich war lebendig begraben!

So lange ich auch dieses fürchterliche Resultat vorhergesehen hatte, so war ich doch bisher nicht fähig gewesen, es mir als wirklich vorzustellen, und auch jetzt noch, da die Katastrophe wirklich eingetreten war, verweilten meine Gedanken, aufrichtig gesprochen, mehr bei ihrer unmittelbaren als letzten Wirkung. Ich hatte immer eine Ehre darin gesucht, vielleicht angespornt durch meinen Widerwillen gegen seinen Eigenthümer, Godfrey Thorpe, der Eigenthümer von Oakfield Hall, mit seinem ausgebreiteten, mit Wildpret belebten Park und großem Gebiet zu werden; diese erwünschte Besitzung verglich ich nun mit meiner gegenwärtigen Wohnung. Mein Elisabethen-Haus war ein Sarg; mein Wildpark ein schmales Gewölbe mit moderigen Leichen besetzt; vier feuchte Wände mein Garten und Lustgehäge; und statt der breiten Ländereien, der sonnigen Decke des Himmels und der lieblichen Ansicht der Natur umgaben mich Grabesfinsterniß und der widrige Tod. Der Kontrast schien etwas Anziehendes zu haben, denn er beschäftigte meine Seele mehre Minuten lang.

Aber wenn meine Gedanken auf mein vergangenes Leben zurückschweiften, auf das Glück, dessen ich theilhaftig geworden war, und auf die Betrügereien, durch die ich hier und da auf unerlaubte Weise es vergrößert hatte, befiel eine tiefe Zerknirschung und Demüthigung meine Seele, und ich that ein Gelübde, daß, wenn ich je wieder zum Leben erwachen sollte – so unwahrscheinlich, ja unmöglich ein solches Ereigniß erschien, – ich Alles wieder erstatten und hinfort ein rechtschaffenes und unsträfliches Leben führen wolle vor Gott und den Menschen. In dieser Seelenstimmung betete ich lange und inbrünstig um Vergebung meiner Missethaten – eine bußfertige Berufung an den Himmel, welche mir einen momentanen Trost verlieh.

IX.

Schnell, nur zu schnell jedoch kehrten meine Gedanken zu meinem elenden Zustande zurück und begannen sich über die Art und Weise der Gräuel zu verbreiten, in welchen er unvermeidlich enden mußte. Sollte ich, wenn ich meine Muskelkraft und meine Stimme wieder gewänne, verzweifelte und wahnsinnige Versuche machen, den Deckel des Sarges abzuwerfen, und wenn mir dieß nicht gelänge, aus allen Kräften um Hülfe rufen? Aber umsonst war eine solche Hoffnung, denn die Kirche war ein einsames Gebäude, und es befanden sich weder Häuser noch Fußwege in ihrer unmittelbaren Nähe. Und wenn es mir auch gelungen wäre, aus dem Sarge zu entkommen, wäre ich doch immer noch ein Gefangener in dem Gewölbe gewesen, würde über die moderigen Ueberreste meiner Vorfahren gestolpert und endlich doch langsam und elend im Wahnsinn und am Hungertod gestorben sein. Noch eine Alternative blieb übrig. Mein Scheintod konnte nach und nach in den wahren umgewandelt werden; mein Leben konnte erlöschen und ich in eine andere Welt ohne Leiden und fast ohne Bewußtsein übergehen – eine Euthanasie, um welche ich wiederholte Gebete an die Quelle aller Barmherzigkeit richtete.

Meinen Betrachtungen wurde eine neue Wendung durch das Schlagen der Kirchenuhr gegeben, deren Echo durch das leere Gebäude mit besonderer Feierlichkeit wiederhallte; ich beschäftigte mich damit, in meinem Innern die Minuten zu zählen, bis der Ton sich wiederholte, auf den ich mit einem gemischten Gefühl von Muthlosigkeit und Trost lauschte. Wahr ist es, er kündigte mir an, daß ich dem Tode eine Stunde näher, aber er bewies mir auch, daß ich noch nicht ganz von der Oberwelt abgeschlossen sei; ja, er schien mich den lebenden Scenen wiederzugeben, die ich verlassen hatte, denn meine Seele erhob sich bei jeder neuen Schwingung und verweilte unter allen Gegenständen und Beschäftigungen, die der besonderen Zeit eigen waren. Wer mag sich wundern, daß ich in dieser Täuschung eines Traumwachens ein Vergnügen fand?

Aber noch ein anderer Ton zog meine Aufmerksamkeit auf sich – das Zirpen und Zwitschern der Vögel, von denen einige auf den nahen Bäumen sangen, und andere, wie ich vermuthete, dicht an den Stufen meines Gewölbes herumhüpften. Es lag eine solche Schwermuth in ihrer Fröhlichkeit, daß sie meinen eigenen traurigen Zustand noch erhöhten, und ich sagte zu mir selbst:

»O glückliche Vögel! ihr habt die glänzende Sonne und die balsamische Luft zu eurer Erquickung; ihr habt Flügel, euch über die ganze schöne Welt zu tragen; ihr habt Stimmen, eurer Lust Ausdruck zu geben und Glück in melodischen Gesang zu verwandeln; und ich –« Der Kontrast war zu schrecklich, und ich wendete meine Gedanken ab von dieser Betrachtung.

Es war Abend geworden und Alles war still, als plötzlich die Orgel ihre weichen, schwellenden und wohlklingenden Töne ausströmte, begleitet von melodischen Kinderstimmen, welche einen Lobgesang anstimmten und sich zu einer Harmonie vereinigten, die unaussprechlich süß und feierlich war. Ich war einen Augenblick verwirrt und glaubte mich unter dem Einfluß eines Traumes, hatte ich mich nicht erinnert, daß es Freitag Abend sei, wo der Geistliche und der Organist jedesmal die armen Kinder in der Kirche versammelte, um die Gesänge auf den morgenden Sonnabend einzuüben. O! wie sehnte ich mich danach, mit in ihre andächtigen Gesänge einzustimmen! O, mit welchem Wohlgefallen lauschte ich auf sie! O, wie sank mir das Herz, als Alles vorüber war, die Kirchthüren geschlossen und die letzten zögernden Fußtritte gehört wurden!

Immer aber erzitterten diese heiligen Töne in meinem Ohre fort und entzückten und erregten meine Phantasie, bis sie ein ideales Bild von Größe und Glorie hervorzauberten. Mir war es, als sähe ich die letzte Sonne, die die Erde zu sehen bestimmt wäre, allmählig in die fluthende See sinken; eine finstere Färbung war über die ganze Natur verbreitet, ein seidener Vorhang über die Welt herabgelassen; Alles lag in Nacht, tiefer Finsterniß und Tod, – während in einer entgegengesetzten Richtung der Vorhang des Himmels aufgezogen war. Das Morgenroth einer neuen, unbeschreiblich schönen Schöpfung erhob sich; die Sonne schien mit strahlendem und blendendem Glanze; die Luft war mit aromatischen Düften erfüllt, und goldgelockte Engel, schwebend auf rosenfarbenen Schwingen, schlugen goldene Harfen und vereinigten ihre süßen und melodiösen Stimmen zu einem Choralgesang. Zugleich schwebten sie um einen centralen Thron, dessen unaussprechlichen Glanz kein menschliches Auge ertragen konnte. Wie lange meine Seele in der Betrachtung dieses Traumbildes versteckt war, weiß ich nicht, aber einige Stunden mußten wohl darüber verflossen sein, denn als es durch einen Sturm, der über den Kirchhof hinwegzog, verscheucht wurde, schlug die Glocke Zwölf. Traurig zitterte ihr Schall durch das Gebäude, und ihr dumpfes Echo verbreitete sich nahe und ferne auf den Schwingen des dahinziehenden Sturmes.

Mitternacht! So abergläubisch es auch sein mag, eine gewisse Furcht verbindet sich immer mit dieser Stunde; aber wie unendlich tiefer mußte der Einfluß derselben, mit allen seinen geisterhaften und schrecklichen Gedankenverbindungen auf mich sein, der ich begraben und am Leben war! umgeben von den modernen Ueberresten unzähliger Generationen und in wirklicher Berührung mit den Leichen oder Gerippen meiner eigenen Voreltern! Als wenn sich Schrecken auf Schrecken häufen sollten, wurde der Streit der Elemente auf Momente immer lauter und heftiger. Der Wind, der kurz zuvor gestöhnt und geächzt hatte, steigerte sich jetzt zu einem ungestümen Geheul; der Eibenbaum knarrte und rasselte, als wenn seine Aeste durch den Wind gepeitscht würden; der Regen wurde in Strömen gegen die Thüre des Gewölbes getrieben, da die zu ihr führenden Stufen noch nicht bedeckt waren, und das Rasseln des Donners, das fast Todte hätte erwecken können, schien die feste Erde unter mir zu erschüttern. Mit diesem schrecklichen Ausbruch schien sich der Sturm erschöpft zu haben, denn es folgte Stille, während welcher ein schwacher Ton an mein Ohr schlug, der mich fast bis zum Wahnsinn aufregte.

»Gütiger Himmel!« rief ich in Gedanken, »täuschen mich meine Sinne? Kann dieß ein Fußtritt sein? Er ist es – er ist es! Sie kommen näher – näher – näher – sie steigen die Treppe herab – still! horch! – es rasselt der Schlüssel im Schloß – er wird umgedreht – die Thüre ist offen – die Thüre ist offen – die Thüre ist offen!!«

Wunderbar ist die blitzartige Schnelligkeit, mit welcher in einer Krisis wie diese Gedanken die Seele durchziehen. In weniger als einer Sekunde hatte die meinige das ganze Geheimniß enthüllt, und ich konnte meine Befreiung aus dem Grabe berechnen, bevor sie noch stattfand. Doktor Linnel war früher zurückgekommen, als man erwartet hatte; sein früherer Verdacht war durch die ungebührliche Eile meines Begräbnisses bestätigt worden; er hatte sogleich Menschen abgeschickt, mich wieder auszugraben; seine Geschicklichkeit entdeckte schnell, daß ich nur in einer Ohnmacht lag; er würde mich wieder ins Leben zurückrufen; ich würde im Stande sein, meine gehorsame und theilnehmende Tochter zu belohnen und meinen unnatürlichen Sohn zu bestrafen; ich würde mich vielleicht noch mehre Jahre eines Lebens erfreuen, das mich glücklich machte durch das Bewußtsein, im Angesicht des Himmels frei von Vorwürfen und meinen Mitmenschen nützlich zu sein. Nie, nein, nie, sollte ich auch hundert Jahre leben, werde ich den Strahl von Begeisterung vergessen, der in diesem Augenblicke meine Brust elektrisirte! Hoffnung beseelte mein klopfendes Herz, ich schlug in Gedanken die Hände zusammen und rief voll Freude und Entzücken: »Gerettet! gerettet! gerettet!«

X.

Die Leute, welche in das Gewölbe eintraten, waren, wie ich leicht an ihren Stimmen erkennen konnte, der Küster und Hodges, der Gehülfe, der alle Vorbereitung zur Beerdigung geleitet hatte.

»Was für eine herrlich wilde Nacht, Herr Griffitto!«, sagte der letztere, »aber nicht wilder und ungewöhnlicher als das Ganze unseres Tagewerkes. Ich muß dabei an Herrn Georg denken; anstatt nach dem Leichenbegräbniß anständig nach Hause zu reiten, giebt er allen unseren Burschen einen regelmäßigen Schmaus, macht einige von ihnen so trunken wie Musikanten und läßt sie dann schwarzen Peter spielen; und er und Herr Freeman Dashwood lachen bis zum Bersten, wenn sie übereinander purzelten.«

»Ja, ich nenne das geradezu schimpflich und schändlich für alle Parteien, besonders da er mich niemals für voll ansah«, erwiederte der Küster.

Der glühende Zorn, mit dem ich auf diesen ruchlosen und schamlosen Ausfall auf mein Andenken lauschte, diese Beleidigung alles Schamgefühls wurde gewissermaßen durch die Erinnerung gemindert, daß meine baldige Befreiung und Wiederbelebung mich in Stand setzen würden, meine Gesinnung bei einem so unnatürlichen Benehmen zu zeigen.

»Wir werden nicht viel Mühe mit dem Sarg haben«, sagte Hodges.

»Der Deckel ist nur halb befestigt, und ich habe ihn nicht fest zugeschraubt, wie du siehst, nicht einmal einen Achtelszoll.«

Dieß erklärte die Bestimmtheit, mit der ich Alles, was um mich her vorging, vernahm, während die Luft, die durch die Ritzen drang, dazu beigetragen haben mag, mir das Leben zu erhalten, denn ich meine, eine Art von unmerklicher Respiration muß stattgefunden haben.

»Du siehst, Griffitto«, fuhr der Gehülfe fort, »wenn sich auch nur die geringste Oeffnung von der Welt zeigt, so hilft sie die Leiche frisch erhalten. Ja, so eine Beute wird uns nicht oft zu Theil als diese; nur drei oder vier Tage todt; weich wie Butter; fast so gut, als wäre er am Leben. Ich werde Tall Holloway etwas ins Ohr sagen – er soll mir für diesen Leichnam doppelt bezahlen, bevor er ihn mit dem Messer berührt.«

Hatte meine Seele in der Ueberzeugung eines Zeitgewinnes und meiner Wiedererweckung zum Leben den höchsten Gipfel unaussprechlicher Freude und Ekstase erreicht, so schleuderten mich diese schrecklichen Worte wieder herab – herab in einen Abgrund von unaussprechlichem Ekel, Schrecken und Verzweiflung, so daß alle meine früheren Leiden mir ein Himmel dagegen erscheinen. Tall Holloway war der Familienname eines Professors in der benachbarten Stadt, der Anatomie lehrte und dabei immer Sektionen anstellte; und es lag auf der Hand, daß die Leute, die in das Gewölbe eindrangen, anstatt zu meiner Befreiung und als Agenten Doktor Linnels zu kommen, wie ich so innig gewünscht hatte, verruchte Räuber waren, die die Absicht hatten, meinen Leichnam zu stehlen und ihn an die Aerzte zur Verstümmelung und Zerstückelung zu verkaufen.

Meine Gedanken wendeten sich wieder zu den wahrscheinlichen Folgen ihres Thuns, aber ach! wie höchst verschieden waren meine gegenwärtigen Vermuthungen von denen, mit denen ich mich kürzlich beruhigt hatte. Ein einziger Hoffnungsfunke ließ sich in der schrecklichen vor mir liegenden Aussicht erkennen. Es war möglich, daß Herr Holloway, ein erfahrener Wundarzt, meinen ohnmächtigen Zustand erkennend, seine erhobene Hand ruhen, sein Messer weglegen und meine Wiederbelebung bewerkstelligen konnte. Aber es war noch wahrscheinlicher, daß er mich im Verlauf seiner Sektion wieder auf einige Zeit zum Leben zurückbrachte, nur um desto mehr zu leiden und an meinen Wunden zu sterben; oder vielleicht, nachdem ich halb zerfleischt war, wieder zusammengeflickt zu werden, und so unter der Last des Lebens als ein verstümmelter und mißgestalteter Krüppel, mir selbst zur Qual und meinen Freunden ein Gegenstand des Schreckens umher zu gehen.

Während mich noch diese fürchterlichen Gedanken beunruhigten, wurde der Deckel des Sarges entfernt, und Hodges sagte, indem er mir seine Laterne gerade vor das Gesicht hielt, zu seinem Begleiter: »Was denkst Du davon, Griffith? Was für eine schöne

Leiche! Ich erinnere mich nicht, je eine schönere gesehen zu haben. Halte ihn an den Beinen und hilf mir ihn herausheben.«

Durch ihre vereinten Bemühungen wurde ich aus dem Sarge genommen und auf ein Stück eines alten Teppichs gelegt, das neben ihm ausgebreitet war – eine Lage, die mich in den Stand setzte, die ganze Scene zu überschauen. Des Küsters schneeiges Haupt glänzte, und seine scharfen Augen blitzten im Lichte, während er auf seiner runzligen Hand die zehn Schillinge zählte, mit denen er ohne Zweifel bestochen worden war, um den Zutritt zu dem Gewölbe zu gestatten. Sein Gefährte, ärgerlich über seine widerwärtige Beschäftigung, zeigte keine unangenehme Physiognomie und schraubte den Deckel mit einem gefälligen Lächeln ab, als wäre er mit seinem nächtlichen Werke wohl zufrieden. Die aufgehäuften Särge an dem Hintertheile des Gewölbes lagen meist in tiefem Schatten, obgleich hier und da noch ein unverrosteter Nagel oder eine Platte mit Inschriften von dem Laternenlichte erleuchtet wurde, oder etliche bleiche Knochen, die aus ihren moderigen Behältnissen herausgefallen waren, einen schwachen Strahl rings umher verbreiteten. Das ganze Gemälde war in den schwarzen Bogen des Gewölbes eingefaßt.

Als der Sargdeckel wieder aufgesetzt war, rollten die Männer den Teppich um mich, nahmen mich auf ihre Schultern, trugen mich heraus und legten mich auf eine flache Bahre oder Gestell. Ich hörte die Thüre vorsichtig aufschließen, und zugleich fühlte ich, wie man mich auf dem Kirchhofweg fortrollte; der Gang der Räder war fast unhörbar, denn der Grund war weich, und es regnete noch immer stark.

XI.

Indem wir von dem Grabgewölbe auf die Straße gelangten, drehte ein plötzlicher Windstoß einen Theil des Teppichs um und gestattete dem Regen gegen meinen Kopf und mein Gesicht zu schlagen, und meine Augen wieder zu gebrauchen, insofern es die Finsterniß erlaubte. War ich schon durch die Schönheit und den Glanz der Welt und ihres Sonnenlichtes entzückt, als ich nach meiner Einsargung durch das Fenster blickte, so war ich noch tiefer gerührt durch die mitternächtliche Glorie des Himmels, welche die dunkeln treibenden Wolken theilweise enthüllten. Sie zogen meine Gedanken aufwärts zu dem geheimnißvollen und allmächtigen Unsichtbaren, dem Schöpfer und Erhalter des Universums, unter dessen zahllosen Welten die Erde, die wir bewohnen, nichts mehr ist als ein Theil von Sternenstaub; aber in dem Glauben, daß auch der geringste Bewohner auf diesem unbedeutenden Wohnplatze sich nicht vergebens zum Himmel wende, und daß der Schöpfer aller Wesen die Gebete Aller höre, bat ich im Stillen um Vergebung für meine früheren Sünden und flehte um Befreiung von dem schrecklichen Geschick, das mir drohte. Erhoben von diesem Akt der Ehrfurcht, erwartete ich mein Schicksal mit weniger Seelenqual, als ich zuvor erlitten hatte.

Die Straße war die, welche zu meinem eigenen Hause führte. Mir waren alle die Gegenstände bekannt, von denen ich im Vorbeigehen nur einen Schimmer erhaschen konnte. Es zog mein Herz wunderbar zu ihnen hin, und wenn ich, im vollen Glauben, es sei das letzte Mal, auf einen wohlbekannten Baum oder ein Gitterthor blickte, war es mir, als nehme ich von einem alten Freund Abschied. Man kann sich denken, wie unermeßlich diese Sorge stieg, als wir den Eingang meines Hauses erreichten, und Hodges beim Herabsetzen der Bahre sagte:

»Der T..... hole mich, wenn ich nicht hundemüde bin. Der Leichnam hat kein großes Gewicht, aber diese sandigen Wege sind so schlecht vom Regen. Ja, das ist des alten Spitzbuben Wohnung. Ach! es würde mich nicht wundern, wenn er einen guten Theil aus seinen Geldsäcken hergäbe, um von der Bahre zu kommen, an der Glocke zu ziehen, die Treppe hinaufzugehen und sich in ein warmes Bett zu legen, anstatt auf einen kalten Secirtisch ausgestreckt zu werden.«

Jede Faser meines Herzens fühlte den Kontrast; denn mein Gedächtnis führte mir die Jahre vor, die ich in diesem Hause zugebracht, und so manche geselligen und häuslichen Freuden genossen hatte, in dem Hause, das ich nie wieder sehen sollte, das jetzt, durch so ungerechte Mittel, das Eigenthum meines vatermörderischen Sohnes geworden war. In diesem Augenblicke wurde mein Kummer und mein Widerwille noch gesteigert durch ein fröhliches Gelächter aus dem Speisezimmer, woraus ich schloß, daß der Verworfene und seine lustigen Begleiter von Newmarket ihre bacchanalischen Orgien noch nicht beendigt hatten. Tausendmal schmachtete ich jetzt nach meiner Wiederbelebung, um ihm seine Grausamkeiten vorzuhalten und sie zu bestrafen, und ihm den Besitz des Vermögens zu entziehen, das er sich so spitzbübischer Weise angemaßt hatte.

Der späten Tageszeit und des ungünstigen Wetters wegen begegneten wir auf unserer weiteren Tour nach dem Hause des Professors Holloway, das sich außerhalb der Stadt befand, keinem einzigen Menschen. Ich wurde an das Gartenthor gebracht, welches Hodges aufschloß; nachdem er es wieder geschlossen hatte, schob er mich in den hintern Theil der Wohnung, öffnete eine Thüre und fuhr mit dem Karren in eine kleine Stube, welche Hodges für seine unbeerdigten Leichen angewiesen war, und in welcher ein lustiges Feuer brannte.

»Da schaut es vergnüglich aus«, sagte er; »in einer solchen Nacht und bei einem solchen Geschäft thut ein gutes Erwärmungsmittel Noth. Es ist mir ganz frostig zu Muthe, und ein Glas heißer Branntwein und Wasser würde mir ganz gut thun. Wo habe ich denn die Bouteille hingesetzt?«

Hierauf zog er sich in ein inneres Zimmer zurück, wahrscheinlich um seine nassen Kleider zu wechseln, denn seine Abwesenheit dauerte ziemlich lange.

Entweder in Folge der Wirkung der erfrischenden Nachtluft, als ich aus dem Gewölbe genommen worden war, oder des Schauerbades, das mich betroffen hatte, oder der Reaktion, welche die Einwirkung des wärmenden Feuers hervorrief, oder was sonst die

Ursache sein mochte, ich fühlte eine Veränderung in meinem ganzen körperlichen Wesen. Sie begann mit einem schwachen Zittern und Klopfen in meiner Brust, auf welches kaum wahrnehmbares Beben und Schaudern und ein leichtes Ziehen in den Gliedern folgte, das von einem Gefühl von schmerzhafter Erstarrung und Kälte der Extremitäten begleitet war. Mein erstarrtes Blut thaute durch die angenehme Wärme auf, zögerte aber sich in Umlauf zu setzen; seine ersten Bewegungen waren träge und beschränkten sich blos auf die Nähe des Herzens. Allmählig jedoch schlich es auch weiter in die Glieder, und nach einiger Zeit fand ich, daß ich so viel Kraft hatte, die Glieder zu bewegen, wenn auch nur in einem sehr schwachen Grade. Indem ich an der Wirklichkeit dieser beginnenden Wiederbelebung zweifelte und prüfen wollte, ob auch meine Hoffnung einen wirklichen Grund habe, nahm ich alle meine Kraft zusammen, um meine Lage zu verändern; und obgleich ich meinen Zweck nicht ganz erreichte, hatte ich doch die Genugthuung zu hören, daß das Gestell, auf dem ich ausgestreckt lag, unter mir krachte. Wie unaussprechlich süß und melodiös war dieser tonlose Schall für mein Ohr, denn er bewies mir den Nachlaß meiner Katalepsie und eröffnete mir, wie durch die Stimme eines Engels, die frohe Aussicht auf meine baldige Rückkehr zum Leben, zu Licht und Glückseligkeit.

Aber wie weit blieb dieses Geräusch hinter meinen eigenen unaussprechlich melodischen Tönen zurück, als nach verschiedenen vergeblichen Versuchen meine Zunge sich theilweise löste, und ich die Worte auszusprechen vermochte: »Gott sei Dank! Gott sei Dank!« obgleich sie nur flüsternd ausgesprochen wurden. Kaum waren sie über meine Lippen gekommen, als der Gehülfe eintrat, zu dem Feuer ging und es mit dem Schüreisen anmachte, meine krampfhaften Bewegungen aber den Teppich abwarfen, mit dem ich bedeckt war. Der Bursche war lange genug vertraut mit mitternächtlichen Gräberberaubungen, als daß er sich vor Geistern gefürchtet hätte; aber er war offenbar erschrocken, denn er fuhr zurück, das Schüreisen in seiner Hand haltend, und rief, als sich eines meiner Glieder wieder bewegte:

»Gott im Himmel! Gott im Himmel! Die Leiche lebt, sie stößt mit dem Fuße!«

Während er noch immer ganz erschrocken und verwirrt vor sich hinstarrte, suchte ich ihn zu mir hinzuziehen, daß er mich besser hören könne, und sprach das Wort »Hodges«, worauf er in noch größere Unruhe gerieth und verstört vor sich hinmurmelte:

»Er ist eben so wenig todt, als ich es bin, und weiß meinen Namen! Das giebt eine gute, eine herrliche Arbeit! Sicher und gewiß, ich werde vor den Magistrat geladen; es wird mir ans Leben gehen; ja, ja! Doch was gehört viel dazu, um die Sache zu vertuschen und Alles ins Gleiche zu bringen mit dem da« – sein Auge fiel auf das Schüreisen, als er sprach – »und ich denke, es ist ein Akt der Barmherzigkeit, wenn ich ihn von seinem Elend befreie. Es kann ja ohnehin Einer einem Anderen das Leben nehmen, um sein eigenes zu retten.«

Eine neue Gefahr stand demnach vor meinen Augen, und ohne einen Augenblick zu verlieren, das gefährliche Mißverständniß aufzuklären, das ich durch Erwähnung seines Namens veranlaßt hatte, sagte ich, so laut ich es vermochte:

»Rette mein Leben, und ich will Dein Glück machen!« Worte, die wie ein Zauber wirkten. Sein verändertes Gesicht zeigte, daß ihm ein neues Licht aufgegangen war: er trat dicht zu dem Gestell, näherte sein Ohr meinem Munde und fragte mich, was ich gesagt hätte; und als ich mein Versprechen deutlich wiederholte, rief er:

»Das ist ein Wort – das ist ein Wort! Sie retten? Der Herr erhalte Sie, das ist, was ich will, und schenke Ihnen alle Freuden des Lebens! Ich bin ein gewöhnlicher Leichenräuber, wie mancher bessere Mann gewesen ist; aber ich bin kein Mörder. Ich bin kein Compagnon von Burke; nein, das ist das Letzte, woran ich je denke.«

Als ich ihm zu erkennen gab, daß meine Füße erstarrt und gefühllos wären, entblößte er sie, und brachte das Gestell in eine solche Stellung, daß sie gegen das Feuer zu sahen; als ich aber das Wort »Thee« aussprach, denn ich war außerordentlich schwach und durstig, rief er mit einem Ausdruck unaussprechlicher Verachtung:

»O gehen Sie mir mit dem Wischi-Waschi-Zeug. Nein, nein, Sie sollen etwas Besseres haben als Thee.«

Indem er dieß sagte, brachte er eine Bouteille mit Branntwein aus einem Kabinet, füllte einen kleinen Löffel damit und goß ihn mir in den Mund. Anfangs war ich unfähig zu schlingen, aber die Wärme des Weingeistes erschlaffte die Muskeln und stellte das Schlingvermögen wieder her, so daß er, nach einigen fruchtlosen Versuchen, in den Magen gelangte. Die Gabe wurde drei- bis viermal wiederholt, und der Gehülfe bemerkte, daß – »wenn Branntwein mich nicht rettete, nichts in der Welt mich retten könne«. In der That waren seine Wirkungen äußerst schnell, und ich fühlte den beschleunigten Blutumlauf durch den ganzen Körper erzittern. Als Antwort auf seine Frage, was er nun zunächst thun solle, hieß ich ihm zu Doktor Linnel zu laufen, der glücklicher Weise in einer benachbarten Straße wohnte. Er gehorchte sogleich meinem Befehl, ließ mich allein, und ich konnte mit andächtigem und dankbarem Herzen über die seltsamen, mein Leben bedrohenden Gefahren, denen ich zweimal ausgesetzt gewesen war, und über die noch wunderbareren, von der Vorsehung bewirkten, durch die ich bisher vom Untergang gerettet worden war, nachdenken.

XII.

So seltsam auch der Zusammenfluß von Umständen war, welche meinen Scheintod und meine wirkliche Beerdigung herbeigeführt hatten, so war doch die Verkettung der Ereignisse, welche mit meiner Ausgrabung und mit meiner Wiedererweckung zum Leben endigten, bei weitem merkwürdiger. Zu den untergeordneten Ursachen, welche das letztere Resultat begünstigten, gehörte die glückliche Thatsache, daß Doktor Linnel, der erst spät nach Hause kam und noch mehre Briefe zu lesen hatte, noch nicht zu Bette war, als Hodges an der Glocke schellte und ihm einen eiligen Bericht von Dem gab, was vorgefallen war, so daß er im Stande war, zu mir zu eilen, und kurze Zeit, nachdem er meinen Auftrag ausgerichtet, schon wieder an meiner Seite kniete.

»Sprechen Sie kein Wort«, war seine erste Anrede, »Sie haben keine Kraft zu sprechen. Ueberlassen Sie Alles mir; ich will für Sie sorgen.«

Er ließ eine Matratze kommen, erwärmte sie an dem Feuer und legte mich darauf; Flaschen mit heißem Wasser wurden an meine Fußsohlen gelegt; in meinen Mund flößte er eine Herzstärkung. Später wurde ich so lange mit warmem Flanell gerieben, bis meine beiden Operateure in profusen Schweiß geriethen, und ich selbst eine merkliche Gluth durch meinen ganzen Körper fühlte.

»Alles geht gut«, sagte der Doktor; »aber ich muß Sie in meinem eigenen Hause und unter meinen eigenen Augen haben, sonst kann ich nicht für Ihre Wiedergenesung einstehen. Wir müssen Sie noch vor Tages Anbruch fortbringen. Schafft mir sogleich ein paar Decken herbei.«

Nachdem diese aufgefunden und am Feuer aufgehängt worden waren, bis sie sich hinreichend erwärmt hatten, wurden sie sorgfältig um mich herumgeschlagen, worauf der Doktor und Hodges, beides kräftige Männer, mich auf ihre Schultern nahmen und mich in die Wohnung des ersteren trugen, wo ich in ein eigenes Bett gelegt und noch immer in heiße Decken gewickelt wurde. So behutsam ich auch getragen worden war, so hatte mich doch die Bewegung ganz erschöpft, und ich lag ausgestreckt, ohne sprechen oder meine Lage verändern zu können, bis ich ermattete und nach und nach in einen sanften Schlaf verfiel.

Alles, was durch hinreichende Geschicklichkeit, verbunden mit unermüdeter und innigster Freundschaft, geschehen konnte, wurde jetzt ins Werk gesetzt, und mit solchem Erfolg, daß ich selbst über die Schnelligkeit meiner Erholung staunte, obgleich ich zuweilen noch einer mildern Form der heftigen Anfälle, die meiner Ekstase vorhergingen, unterworfen war. Linnel hatte ausdrücklich bestimmt, daß meine wunderbare Errettung jetzt noch ein tiefes Geheimniß bleiben sollte.

»Sie können nicht wieder zu Ihren Rechten gelangen«, behauptete der verständige Mann, »Sie können Ihre Stellung in der Gesellschaft nicht einnehmen ohne wirksame Bemühungen und ohne sich gesellschaftlichen und häuslichen Untersuchungen auszusetzen, die so aufregender, um nicht zu sagen beunruhigender Art sind, daß Sie ihnen in Ihrem gegenwärtigen kritischen Zustande nicht ungestraft entgegengehen würden. Eine heftige Gemüthsbewegung könnte einen Rückfall veranlassen – eine Gefahr, gegen die wir uns ganz besonders verwahren müssen. Wenn Sie stark genug sind, wieder in die Welt zu treten, so will ich es Ihnen nicht allein wissen lassen, sondern Ihnen auch zur Seite stehen und Sie in Ihrem Unternehmen unterstützen.«

Nichts wurde vernachlässigt, was sowohl zur Erheiterung meines Gemüths als zur Förderung meiner Gesundheit beitragen konnte. Dazu brachte mir mein theurer Freund, der meine Tochter öfters sah, solche befriedigende Nachrichten von ihrem tiefen und aufrichtigen Kummer über meinen muthmaßlichen Tod, daß ich mich herzlich sehnte, das liebe Mädchen einmal wieder an mein Herz zu drücken. Linnel wollte dieß indessen nicht vor drei Wochen erlauben. Nachdem diese verflossen waren, trat er in mein Zimmer und sprach:

»Hier ist ein Brief von Ihrer theuren Sarah, die mich um Erlaubniß bittet, heute um 12 Uhr mich wegen einer wichtigen Angelegenheit um Rath zu fragen. Wenn Sie mir nun versprechen, Ihre Gefühle zu bemeistern, so weit Sie es vermögen, so sollen Sie auf dem Lehnsessel in meinem kleinen Gesellschaftszimmer versteckt werden und unsere Unterredung mit anhören; und nachdem ich sie für die erschreckende Nachricht gehörig vorbereitet habe, will ich ihr Ihre Wiederbelebung ankündigen und sie von Ihrer Anwesenheit in Kenntniß setzen.«

Alles geschah, wie er angeordnet hatte; aber obschon ich versprochen hatte, bis zum Schluß ihrer Unterhaltung *perdu* zu liegen, konnte ich doch nicht vermeiden, einen flüchtigen Blick auf sie zu werfen, als sie in das Zimmer trat. Ihr tiefer Kummer und ein Zug von Sorge auf ihren Zügen verliehen ihrer Schönheit noch einen höheren Reiz. O, wie liebenswürdig erschien sie mir in diesem Augenblicke! O, wie zitterte mein Herz, als ich die ersten Laute ihrer sanften und einnehmenden Stimme hörte!

Nachdem sie von der langen und innigen Freundschaft gesprochen hatte, die zwischen mir und Linnel bestanden und sie als Entschuldigung für die Beschwerde angeführt hatte, die sie ihm verursache, fuhr sie fort:

»Sie wissen, daß ich durch den letzten Willen meines theuren Vaters ein schönes unabhängiges Leben mit bitterer Armuth vertauschen muß, wenn ich Herrn Mason heirathe.«

»Allerdings; und hatte mein Freund mich über die Sache um meinen Rath befragt, würde ich ihm gesagt haben, es sei ein thörichter und nicht zu rechtfertigender Akt. Welch möglichen Einwurf konnte er haben gegen einen solchen Mann wie Mason?«

»Ich glaube er hatte keinen, aber ich bin überzeugt, daß er aus den besten Absichten handelte. Er dachte, die Tochter eines so reichen Mannes müsse auch eine vornehme Verbindung eingehen.«

»Mit anderen Worten, er wollte seine eigene Ehrbegierde befriedigen auf Ihre Kosten. Leider ein sehr gewöhnliches Gefühl, aber eben nicht sehr väterlich.«

»Ich hatte meinem theuren Vater versprochen, so lange er lebte, Herrn Mason ohne seine Beistimmung nie zu heirathen; und nichts würde mich haben bewegen können, dieses Versprechen zu brechen; aber jetzt, wo ich verlassen – jetzt, wo ich allein bin – jetzt, wo ich unglücklicher Weise keinen, keinen –« Dem guten Mädchen versagte die Stimme, so war sie bewegt, und sie hielt einen Augenblick inne, ehe sie wieder fortfahren konnte. »Glauben Sie, Doktor, – ich frage Sie als seinen ältesten und besten Freund – glauben Sie, es würde von Mangel an Ehrfurcht gegen meines Vaters Andenken zeugen, wenn ich nach Verlauf von zwei Jahren diesen vortrefflichen, exemplarischen, untadelhaften Mann noch heirathete?«

»Nein, wenn Sie ihn dieses Opfers werth halten und Mason Ihnen gestattet, es zu bringen.«

»Das war, was ich fürchtete. Da ich die Tiefe und Zartheit seiner Zuneigung und die uninteressirten Rücksichten für mein Wohl kannte, so zweifelte ich, ob ich seine Beistimmung erhalten würde; aber er nahm den Vorschlag mit der Freimüthigkeit eines gebildeten und edlen Geistes an. »Wären die Verhältnisse umgekehrt«, sagte er, »so sagt mir mein Herz, daß ich keinen einzigen Augenblick anstehen würde, Ihnen dieses Opfer zu bringen; und ich stehe deßhalb auch nicht einen Augenblick an, von Ihnen dieses Opfer anzunehmen. Wir werden immer noch ein mittelmäßiges Einkommen haben, und ob ich gleich jung bin, habe ich doch genug von der Welt gesehen, um zu wissen, daß Reichthum ohne Glück Armuth, und Armuth mit Glück Reichthum ist.«

»Mason ist ein kluger Mann, und Sie ein gefühlvolles Mädchen; aber wenn Ihr Plan in Ihrer Seele reif ist, warum wollen Sie denn erst nach zwei Jahren heirathen? warum nicht, sobald die Trauerzeit vorüber ist?«

»Weil ich von Mason nicht fordern wollte, mich ohne alle, wenn auch kleine Mitgift zu nehmen. Wenn ich zwei Jahre lang den größeren Theil des hübschen Einkommens zusammenspare, das mir mein Vater in seinem Testament hinterlassen hat, so werde ich im Stande sein, etwas zum Bau und zur Einrichtung eines kleinen Hauses und noch mehr zurück zu legen, und so wird uns die Liebe in einer Hütte vereinigen, und wir werden auch unerwartete Bedürfnisse befriedigen können.«

»Liebe Sarah, ich muß nochmals wiederholen, daß Sie ein ungewöhnlich gefühlvolles Mädchen sind, und ich billige Alles, was Sie gethan haben oder noch thun wollen, obgleich ich es nicht für nöthig halte, Ihre Vermählung zwei Jahre lang aufzuschieben; und wenn Sie eine lange Geschichte, eine Erzählung von seltsamen und fast unglaublichen Ereignissen anhören können, so will ich Ihnen auch sagen warum.«

Mit außerordentlichem Takt und der äußersten Vorsicht begann er dann seine Zuhörerin auf die ergreifenden Enthüllungen, die er ihr zu machen hatte, vorzubereiten. Zuerst erinnerte er sie, daß ich Unterbrechungen der Lebensthätigkeit ausgesetzt gewesen war, von denen einige mehre Stunden gedauert hatten; er fügte hinzu, daß es wohlbegründete Fälle von Ohnmacht gegeben habe, die so lange dauerten, daß diejenigen, die daran litten, begraben worden wären, sogar nachdem man sie, wie gewöhnlich, eine ganze Woche über der Erde behalten hätte, und daß sie wirklich wieder zum Leben zurückgekehrt seien, wie es sich mehre Male durch die darauffolgende Untersuchung der Särge und Gewölbe erwiesen habe. »Nun«, fuhr er fort, »ist Ihr armer Vater, wie ich wohl weiß, gegen Ihre dringenden und ernsten Vorstellungen schändlicher Weise drei Tage nach seinem Tode ins Grab gesenkt worden. Unter diesen ungewöhnlichen Umständen würde es nichts Unwahrscheinliches haben, wenn er wieder erwacht wäre, es würde nicht unwahrscheinlich sein, wenn er aus seiner traurigen Lage befreit worden wäre, – ja, es ist keineswegs unmöglich, daß er in diesem Augenblicke sich von den Wirkungen seiner frühen Beerdigung erholt, und – «

»Bei Gott im Himmel, spielen Sie nicht mit meinen Gefühlen«, sagte Sarah, indem sie in die heftigste Bewegung gerieth und sich an des Doktors Hand anklammerte. »O, wenn Sie mich lieben, sagen Sie mir, o sagen Sie mir – ist noch eine Aussicht eine Hoffnung, eine Möglichkeit vorhanden, daß mein lieber theurer Vater noch am Leben ist – daß ich ihn wieder umarmen kann – daß ich mich seiner Wiederherstellung widmen, ihm meine Liebe, meine Pflicht und meine unbegränzte Dankbarkeit beweisen kann –«

Unfähig die zärtlichen und leidenschaftlichen Gefühle meiner Seele länger zurück zu halten, brach ich seufzend in die Worte aus:

»Mein Kind! mein Kind! mein einziges theures Kind!« Als sie meine Stimme erkannte, stieß sie einen Schrei der Freude aus, rannte in das Besuchzimmer, schlang ihre Arme um mich, drückte mich verschiedene Male an ihr Herz und küßte mich ein über das andere Mal in inniger Begeisterung.

XIII.

Eine ganz andere Scene, eine Feuerprobe, die ich sowohl herbei-
wünschte, als fürchtete, erwartete mich am folgenden Tage, denn
ich hatte beschlossen, meine Wiederbelebung meinem unnatürlichen Sohn nicht länger zu verbergen, ihm das Vermögen und die
Güter, die er so schändlicher Weise an sich gerissen, zu nehmen
und ihm seine gänzliche Verstoßung und Enterbung anzuzeigen. Er
war eben auf Besuch in Oakfield Hall, denn seine erwählte Julie
berückte ihn zu sehr, als daß er lange von ihr entfernt hätte sein
können. Linnel, der es nicht zugeben wollte, daß ich etwas, was
mich aufregte, unternehme, es sei denn unter seiner persönlichen
Leitung, begleitete mich in seinem Wagen nach Oakfield Hall, wo
wir, als wir sie in dem Gartenhaus suchten, erfuhren, daß die Gesellschaft gerade mit Miß Thorpe in das Sommerhaus eingetreten
sei, um eine Wasserjagd mit anzusehen, indem Sir Freeman
Dashwood die Hunde mitgenommen hatte, um Tauben zu jagen.
Nachdem ich von dem Wagen gestiegen und mich auf den Arm
meines Freundes gestützt hatte, ging ich gegen das Sommerhaus,
das ganz in der Nähe der Wohnung stand. Hier setzte ich mich auf
die Treppen, um wieder zu Athem zu kommen, und da die Thüre
halb offen war, vernahm ich gegen meine Absicht folgendes Gespräch:

»Sage einmal, Julie! war es nicht ein Glück, daß der Gouverneur
eher starb, bevor er noch eine Veränderung mit seinem Testament
vornehmen konnte? So bekomme ich das Vermögen und alle Güter
dazu. Wenn er einmal eine Grille in seinem Kopfe hatte, so war er
so halsstarrig wie ein Maulthier, und er hatte geschworen, wenn ich
Sie jemals heirathete, würde er mich mit einem Schilling abfinden.«

»Und wenn er das gethan hätte, so würde es nicht den geringsten
Unterschied in meinen Augen gemacht haben, mein lieber Georg.
Wo aufrichtige Liebe herrscht, kann von niedrigem Gewinn keine
Rede sein. Dank dem Himmel, ich bin weder schmutzig, noch ei-
gennützig. In der That, wenn es eine Person in der Welt giebt, die
ich mehr als andere verachte, so ist es ein Mädchen, die nach Geld
heirathet.«

»Das ist Alles recht gut; es ist aber auch nichts Schlechtes, Geld im Beutel zu haben, Du magst nun um seinetwillen heirathen oder nicht. Ich will Dir etwas sagen – ich habe mir etwas ausgedacht. Ich möchte gerne bei der nächsten Versammlung zu Newmarket die besten Hunde und Jagdpferde in ganz Suffolk und die besten Rennpferde in ganz England haben. Es ist aber auch noch eine andere Sache, die ich mir ausgedacht habe; ich will Dich noch vor Ende dieses Monates heirathen.«

»Was, mein lieber Georg! sobald nach Deines Vaters Tode?«

»Ja, gewiß; warum denn nicht? Wollte ich noch ein Jahr warten, so würde er nicht mehr todt sein, als er jetzt ist, wie ich schon Sarah gesagt habe, als sie so darauf drang das Begräbniß zu verschieben. Er kann nicht erwarten, daß ich sehr empfindsam bin, wenn er mich mit einem Schilling abspeisen wollte. Ist er doch todt, ha! ha! ha!«

Man hörte das Bellen der Hunde und das Schießen von dem Wasser her, die Liebenden eilten hinweg und lehnten sich an das offene Fenster, welches die Aussicht auf den Jagdplatz hatte. In diesem Augenblick schritt ich leise in das Sommerhaus und setzte mich auf einen der leeren Sessel. Zwei bis drei Minuten blieb dieser unwillkommene Zusatz zu der Partie unbemerkt, aber das Mädchen drehte sich endlich herum, stieß einen durchdringenden Schrei aus, bedeckte ihre Augen mit ihren Händen und sank schaudernd zu Boden. Indem ihr Begleiter ihr zu Hülfe sprang, bekam er mich zu Gesicht. Es war, als würde er durchbohrt, seine Augen waren starr, sein Gesicht wie versteinert vor Schrecken, und seine Lippen sprachen in heiserem Tone:

»Gott im Himmel! der Geist meines Vaters!«

Unfähig, meinen lang unterdrückten Widerwillen zurückzuhalten, stürzte ich mich auf ihn, faßte ihn bei der Brust und schüttelte ihn mit aller Kraft, deren ich fähig war, indem ich ihm ins Ohr schrie:

»Nein, unnatürliches Ungeheuer! nein, Abtrünniger! Vatermörder! Es ist Deines Vaters eignes Fleisch und Blut, wie Dich mein Angriff überzeugen kann, und wie ich Dir noch wirksamer beweisen würde, indem ich Dich zu Boden würfe und mit Füßen träte, wenn ich Kraft genug hätte, meinen Willen auszuführen. Es ist Dein

Vater, dessen Leben Du zu zerstören suchtest, den Du mit so strafbarer Eile zur Erde bestattetest – den schon die Klauen des Todes ergriffen hatten, und der durch eine Reihe von glücklichen Fügungen der Vorsehung wieder aus seiner Ohnmacht erwachte, um ein Werkzeug des Himmels zu werden, Deine schändlichen Verbrechen ans Tageslicht zu ziehen und zu bestrafen.«

Sobald ihn diese Anklagen überzeugten, daß er es mit einem lebenden Wesen und nicht mit einem Geiste zu thun habe, schien all sein Schrecken verschwunden, sein Gesicht nahm wieder seinen früheren Ausdruck an, und er rief in seinem gewöhnlichen ungezwungenen Ton:

»Gut, Vater, ich habe Sie oft in Leidenschaft gesehen, aber ich will mich hängen lassen, wenn ich Sie je in einer solchen entsetzlichen Wuth erblickt habe als jetzt.«

»Spitzbube« erwiederte ich, denn ich war toll über seine kühne Gleichgültigkeit, »wie heißt der Chemiker, von dem Du die vergiftete Mixtur gekauft hast, deren Opfer ich wurde?«

»Sie meinen Raby's Restaurativ? Eine Kapitalarzenei, die! Sein Name – sein Name? Man soll mich hängen, wenn er mir gerade einfällt.«

»In welcher Straße von Newmarket wohnt er?«

»Straße – Straße? ich habe das auch vergessen. Doch nein, ich habe es nicht vergessen. Jetzt erinnere ich mich; ich kaufte es von einem Burschen, der auf dem Lande herumzieht.«

»Elender Lügner! Diese Ausflucht ist gerade ein Bekenntniß Deiner Schuld. Mit derselben Achtung vor der Wahrheit wirst Du ohne Zweifel auch läugnen, daß Du das Codicill zu meinem Testament vernichtet hast.«

»Codicill! was für ein Codicill? Ich bin bereit einen Eid darauf abzulegen, daß ich nie –«

»Halte Deine gottlose Zunge und füge Deinen anderen Greueln nicht noch einen Meineid hinzu. Als ich noch in Ohnmacht lag und nicht todt war, wie Du glaubtest, sah ich mit meinen eigenen Augen, wie Du es zerrissest und ins Feuer warfst.«

»So – Sie haben es gesehen? Wie listig Sie waren! Und was für ein dummer Teufel war ich, daß ich nicht die Thüre zum Schlafzimmer schloß.«

Nicht wenig gereizt und von Widerwillen erfüllt von seinem hartnäckigen Benehmen wie von seiner beleidigenden Sprache, suchte ich die Unterredung zu Ende zu führen, indem ich sagte:

»Höre, Bursche, ich spreche jetzt zum letzten Mal zu Dir. Ich habe ein neues Testament gemacht, in Folge dessen Du gänzlich und unwiderruflich enterbt bist, mit Ausnahme eines geringen Antheils, der gerade hinreichend ist, Dich vor Mangel zu schützen, und nur so lange ausgezahlt werden soll, als Du Dich außer Landes befindest. Im Augenblick, wo Du Deinen Fuß auf Englands Boden setzest, hört die Zahlung auf. Hier ist ein Brief an meinen Agenten in London, der Dir eine Summe zu Deiner Einrichtung auszahlen wird. Weg von mir! verbirg Deine Schändlichkeiten in einer unserer Kolonien; je näher bei den Antipoden, desto besser. Fort! laß mich Dich nie wiedersehen! Fort, ehe ich Dir fluche!«

»Der Teufel und Doktor Faust! das ist ein prächtiger Abschied!« war Alles, was er auf die harten und heftigen Vorwürfe entgegnen konnte; und ich hatte kaum das Sommerhaus verlassen, so hörte ich nochmals das eitle und scheußliche Gelächter, durch das ich früher schon beschimpft worden war.

Nicht ohne Beschwerde trugen mich meine wankenden Füße zurück zu dem Wagen; ich wurde von dem Doktor und seinem Diener hineingehoben; kaum aber hatte man mich auf den Sitz gebracht, so unterlag meine Natur der Anstrengung, die ich erlitten hatte, und ich fiel in Ohnmacht.

Da ich Miß Thorpe's Charakter kannte, war ich nicht im geringsten überrascht, als ich erfuhr, daß diese uneigennützige Heldin, welche sich selbst rühmte, weder schmutzig noch selbstsüchtig zu sein, und welche ganz besonders diejenigen Mädchen verachtete, welche nach Geld heiratheten, schon am nächsten Tag einen Brief an meinen Sohn abschickte, in welchem sie sagte, daß ihr eigener religiöser Begriff kindlicher Pflicht nicht zuließe, einen Mann ohne Zustimmung seines Vaters zu heirathen, und daß deßhalb ihre Verbindung als aufgehoben angesehen werden müsse. Inzwischen habe

ich nie gehört, daß sie die werthvollen Geschenke, die ihr thörichter Liebhaber ihr gemacht hatte, zurückgeschickt hätte.

XIV.

Mein Freund, der mich immer gleich einsichtsvoll und gütig behandelte, lud Sarah ein, mich einige Tage in seinem Hause zu besuchen, indem er wohl wußte, daß ihre Gesellschaft und ihre Wartung und Pflege weit wirksamer sein würden als alle seine Arzneimittel, um meine physische Gesundheit und die Heiterkeit meines Gemüthes wiederherzustellen. Am Morgen ihrer Ankunft bestellte ich ihren Geliebten, um mit ihr zusammenzutreffen, worauf ich die Hände des glücklichen Paares zusammengab. Ich ertheilte meine vollkommene Zustimmung zu ihrer Vereinigung, gab ihnen meinen Segen und setzte hinzu, daß ich die Summe, die ich ursprünglich für meine Tochter bestimmt habe, nicht nur nicht verringern, sondern sie am Tage ihrer Vermählung verdoppeln werde. Mason wurde nun fast der tägliche Gast des Hauses, und weder er noch seine Verlobte hatte etwas dagegen, als ich den Wunsch aussprach, ihre Hochzeit möge ohne Aufschub gefeiert werden. Entzückt von der täglichen Besserung in ihres Vaters Gesundheit und geistigem Vermögen, verbunden mit einem so glücklichen und unerwarteten Wechsel ihres Geschickes und ihrer Aussichten, schien meine liebe Tochter wirklich im Himmel zu sein, und so schien sie auch nach meinen Wahrnehmungen einen Himmel um sich zu verbreiten. Ihr strahlendes und lächelndes Gesicht glich dem Sonnenschein; ihre süße, melodische Stimme, durch die Freude erhöht, klang wie Sphärenmusik, ihre ehrfurchtsvollen und eifrigen Dienstleistungen waren die Verrichtungen eines schützenden Engels. Gott segne sie! Es gab Momente, wo ihre bezaubernde Zärtlichkeit mich fast meinen verstoßenen Sohn vergessen ließ.

Aber sie konnte das Gelübde, das ich mir selbst that, als ich noch in meiner Ohnmacht und eingesargt lag, meinem Gedächtniß nicht entreißen, daß ich nämlich, wenn ich wieder erwachen sollte, die Summen, die ich unrechtmäßiger Weise bei der Vollziehung meiner Kontrakte mit der Regierung gewonnen hatte, wieder erstatten wollte. Nachdem ich ihren Betrag sammt Zinsen, welcher einige tausend Pfund betrug, berechnet hatte, schickte ich das Ganze anonym an den Kanzler der Schatzkammer. Von Natur dem Gelde zugethan, fand ich immer Vergnügen darin, meinen Profit zu berechnen; jetzt kann ich in Wahrheit erklären, daß ich zehnmal mehr

Vergnügen darin fand, diesen Theil meines Vermögens zurückzuzahlen, als ich je empfunden hätte, wenn ich rechtmäßiger Weise das Zehnfache gewonnen hätte.

Meine Aufmerksamkeit war durch die neuen wunderbaren Ereignisse und durch die Vorbereitungen zur bevorstehenden Hochzeit so sehr beschäftigt, und ich zog meine Gedanken so sorgfältig von der schmerzlichen Angelegenheit mit meinem Sohne ab, daß mehre Wochen dahin gingen, ohne daß ich auf das lange und sonderbare Stillschweigen des Londoner Agenten achtete, an den ich ihn empfohlen hatte. Die Ursache davon wurde endlich durch folgenden Brief aufgeklärt, ein Brief, der, Gott weiß es, traurig und demüthigend genug war, aber doch zugleich nicht alle mildernden Betrachtungen ausschloß.

»Theurer Freund! – Mehr als einmal ergriff ich die Feder, um Ihnen zu schreiben, und ebenso oft fehlte mir der Muth, meinen Brief zu beendigen, indem ich fürchtete, Sie in Ihrem gegenwärtigen schwachen Zustande mit übeln Nachrichten zu belästigen; ich habe auch geschwiegen, weil einige Zeit erforderlich war, sich über die wirkliche Lage Ihres Sohnes Gewißheit zu verschaffen, über dessen Leben ich einen ganzen Monat in Ungewißheit war. Nach seiner Ankunft bemerkte ich ein gutes Theil Leichtfertigkeit, um nicht zu sagen Wildheit in seinem Benehmen und Gesprächen, doch nicht so schlimm, um eine wirkliche Geistesverwirrung annehmen zu können. Er schien ganz zufrieden mit seiner Auswanderung und begleitete mich an Bord eines schönen, nach Neuseeland bestimmten Schiffes, auf welchem ich für einen guten Platz für ihn sorgte und das Ueberfahrtsgeld für ihn bezahlte. Am folgenden Morgen bezahlte ich nach Ihrem Befehl eine hinreichende Summe an ihn, damit er bequem reisen könne und ein vortheilhaftes Unterkommen bei seiner Ankunft in der Kolonie fände.

Inder Nacht darauf verließ er mein Haus, und ich hörte nichts weiter von ihm. Erst später erfuhr ich, daß man ihn wegen eines von ihm allein ausgehenden und gewaltsamen, in der Trunkenheit verübten Angriffs zur Haft gebracht hatte. Aus späteren Untersuchungen erfuhr ich, daß das Geld, das er empfangen hatte, im Trunk und in Ausschweifungen aller Art verschwendet worden war, und daß ihn wegen dieser Excentricitäten, Grillen und gewaltsamen Handlungen seine schwärmenden Genossen nur den »tollen Jörg« nannten. Betroffen durch den gedankenlosen Ausdruck seiner Züge und die Einfalt seiner Sprache, sah ich mit einem Male, daß er sich in einem Zustand von Irresein, durch sein jetziges wildes Leben veranlaßt, befinde, und auf diese Vermuthung hin bewirkte ich seine Freilassung, führte ihn zu einem Arzte, der in solchen Fällen eine sehr ausgebreitete Praxis hat, und der ihn jetzt sieben- bis achtmal besucht hat.

Seine mit Ueberlegung abgegebene Meinung ist, wie ich mit Bedauern hinzufügen muß, sehr ungünstig. Obgleich sich die Seelenstörung in Folge neuer Einwirkungen sehr schnell entwickelt hat, so betrachtet er sie doch nicht als temporär, sondern als aus organischen Störungen entstanden und deßhalb von einem bleibenden und unheilbaren Charakter. Er hält sie für eine Gehirnerweichung, ein Uebel, das allmählig die Seelenkräfte untergräbt und gewöhnlich in Blödsinn und Idiotie endigt. Als ich ihm einwarf, daß sein Kranker keineswegs ein unschuldiger Schwachkopf sei, sondern erst vor kurzer Zeit schlimme Absichten an den Tag gelegt habe, erwiederte er, daß eine Verbindung von Verschlagenheit und planmäßiger Kunst mit großer Bosheit öfters das Anfangsstadium dieser eigenthümlichen Seelenkrankheit charakterisire; und daß er, so weit er aus dem gegenwärtigen Zustand Ihres Sohnes schließen könne, nicht anstehe zu erklären, er müsse sich schon mehre Monate in einem kranken Seelenzustande befunden haben. »Daher kommt es denn«, dieß waren des Arztes eigne Worte, »daß dieser unglückliche junge Mann, obgleich er zu den gewöhnlichen Geschäften des Lebens fähig gewesen sein mag, doch in moralischer Hinsicht großen Mangel litt; daß er nicht mehr gut und böse zu unterscheiden wußte und deßhalb während dieser Periode seiner Seelenstörung nicht für zurechnungsfähig gehalten werden kann.«

Ich habe den armen Georg gegenwärtig in eine Privatirrenanstalt untergebracht und erwarte Ihre Befehle darüber, was weiter mit ihm werden soll.«

XV.

So traurig und beängstigend dieser Brief lautete, so war er doch nicht ohne beruhigende Wirkungen. Es ist ein großes, bedauernswürdiges, herzzerreißendes Unglück, der Vater eines unheilbaren Blödsinnigen zu sein; aber es ist unendlich schrecklicher, einen Sohn zu haben, der, während er noch im Besitz seiner Vernunft ist, das teuflische Verbrechen des Vatermordes begehen kann. Von diesem Schrecken und dieser Schande war ich erlöst. Mein Herz war im Stande, den Alp, der es drückte und verwirrte, abzuschütteln. Alles war nun aufgeklärt, verständlich, und mein Mißgeschick, obgleich immer noch schwer, war nicht mehr mit den unaussprechlich gehässigen Associationen verbunden, die mich vorher gequält hatten. Meines Sohnes Quacksalbereien mit der vergifteten Mixtur – die Monomanie, welche ihn zu dem schrecklichen Vorsatz anreizte – sein rücksichtsloses Betragen – seine herzlose Sprache, wenn ihn Schande und Sorge hätte niederdrücken sollen – sein eitles, verstelltes, beleidigendes Lachen, das mich so oft in Harnisch gebracht hatte – Alles hatte nun eine Lösung gefunden, indem es sich zeigte, daß es aus einem verborgenen Irresein entsprungen war und nicht aus vorbedachter und vorsätzlicher Bosheit, nicht aus Frivolität und Trotz eines gänzlich verhärteten Herzens, auch nicht aus bedachten Eingebungen einer verworfenen Natur. Aus einem Gegenstand unvermeidlichen Widerwillens und Hasses war mein unglücklicher Sohn in einen des tiefsten Mitleids umgewandelt worden. Mir war doch das Gefühl geblieben, einen Sohn zu haben, wenn er auch wenig mehr davon war, als die Bildsäule eines Sohnes.

Obschon Hodges, der Gehülfe, wäre er nach Grundsätzen einer strengen Moraljustiz abgeurtheilt worden, eher Strafe als Belohnung verdient hätte, so hatte ich ihm doch ein Versprechen gethan, welches zu erfüllen ich mich heilig verbunden hielt. Indem ich ihn daher aus der Nachbarschaft, wo er versucht werden konnte, sein schlimmes Handwerk fortzusetzen, entfernte, kaufte ich ihn in einer Provinzialstadt ein wohleingerichtetes und ansehnliches Geschäft, das, wenn er es gut in Acht nahm, nicht fehlen konnte, ihm eine mäßige Unabhängigkeit zu verschaffen. –

Seit sich diese Vorgänge zugetragen haben, die ich in der vorhergehenden Erzählung niedergelegt habe, ist mehr als ein Jahr verflossen; und obgleich ich keine wunderbaren Erlebnisse weiter zu erzählen habe, so ist doch die Zwischenzeit nicht leer an Vorfällen aller Art geblieben. Gottfried Thorpe, nachdem er sein eigenes schönes Vermögen durch alle Arten von Ausschweifungen durchgebracht hatte, lebte einige Zeit von Schuldenmachen. Als er aber nicht im Stande war, sich zu halten, verließ er den Sitz seiner Vorfahren und befindet sich gegenwärtig mit seiner Familie in Boulogne.

Oakfield Hall mit seinem großen und schönen Gebiet ist jetzt mein Eigenthum, und ich schreibe im Studirzimmer des Elisabethen-Hauses, wonach mir so lange gelüstete. Manche meiner thörichten und närrischen Grillen sind durch meine temporäre Hingabe in die Klauen des Todes gedämpft worden; aber der Ehrgeiz, vielleicht die eitelste unter meinen irdischen Eitelkeiten, hat meinen scheinbaren Tod und mein wirkliches Begräbniß überlebt, und ich fühle täglich ein zunehmendes Vergnügen, wenn ich meine breiten Felder durchwandere. Ebenso angenehm sind meine Spazierritte, denn ich reite immer auf meinem Lieblingsschimmel, dessen Rücken ich nie wieder zu überschreiten gedachte, als ich einen Strahl von ihm erblickte, während die Leichenbestatter mich in meinen Sarg legten.

Die Hochzeit meiner Tochter wurde vor einem Jahre gefeiert, und ich erfreue mich bereits eines kleinen Enkels, der meinen Namen führt und mein Erbe werden wird. Herr Mason, für den ich das Patronat der Pfarrei gekauft habe, und der mit seiner Frau die Honneurs in Oakfield Hall macht, wo sie für immer wohnen, widmet sich mit musterhaftem Eifer seinen amtlichen Pflichten und ist in der ganzen Nachbarschaft geliebt. Ihre Verbindung verspricht ungewöhnlich gesegnet zu sein, eine Aussicht, die mich der reinsten und höchsten Freuden theilhaftig macht. –

Mein armer Sohn, den ich öfter sehe, obgleich er mich nicht mehr kennt, befindet sich in einer Privatirrenanstalt, wo er jeden Beistand und Trost erhält, dessen sein unglücklicher Zustand fähig ist. – Alle Hoffnung auf seine Wiederherstellung ist schon längst verschwunden.

Obgleich mein Körper noch immer die Wirkungen der heftigen Stöße fühlt, die er erlitten hat, so bin ich doch, Gott sei Dank, im Stande, an den meisten meiner gewohnten Genüsse Theil zu nehmen; auch nähre ich die Hoffnung, daß meine Seelengesundheit aus der Feuerprobe, durch die ich gegangen bin, Nutzen gezogen hat, und daß, wenn ich einst abgerufen werde, ich eine bessere Rechenschaft von meiner Lebensführung werde ablegen können, als ich es in früherer Zeit hätte thun können.

Ein ausgezeichneter Kupferschmied am Strand, von dessen Verwandten einer lebendig begraben worden war, hinterließ ein Legat von zehn Guineen, welches einem Wundarzt dafür gezahlt werden sollte, daß er ihm, ehe noch sein Leichnam in das Grab versenkt würde, einen Dolch durch das Herz stieße; um die Ausführung der Operation zu erleichtern, wurde die Waffe dem letzten Willen beigefügt. Dieses Beispiel habe auch ich nachgeahmt. Mag man die Vorsorge für noch so eitel und lächerlich halten, so ist doch meine Erinnerung an die vergangenen Leiden zu lebhaft und zu beunruhigend, als daß ich nur die Möglichkeit ihrer Wiederkehr auf mich nehmen könnte. Ich habe keinen Wunsch weiter zu schreiben – und wahrscheinlich werden meine Leser ebenso wenig Neigung haben, zum zweiten Mal »nachgelassene Denkwürdigkeiten über mich selbst« zu lesen.

Über tredition

Eigenes Buch veröffentlichen

tredition wurde 2006 in Hamburg gegründet und hat seither mehrere tausend Buchtitel veröffentlicht. Autoren veröffentlichen in wenigen leichten Schritten gedruckte Bücher, e-Books und audio-Books. tredition hat das Ziel, die beste und fairste Veröffentlichungsmöglichkeit für Autoren zu bieten.

tredition wurde mit der Erkenntnis gegründet, dass nur etwa jedes 200. bei Verlagen eingereichte Manuskript veröffentlicht wird. Dabei hat jedes Buch seinen Markt, also seine Leser. tredition sorgt dafür, dass für jedes Buch die Leserschaft auch erreicht wird.

Im einzigartigen Literatur-Netzwerk von tredition bieten zahlreiche Literatur-Partner (das sind Lektoren, Übersetzer, Hörbuchsprecher und Illustratoren) ihre Dienstleistung an, um Manuskripte zu verbessern oder die Vielfalt zu erhöhen. Autoren vereinbaren direkt mit den Literatur-Partnern die Konditionen ihrer Zusammenarbeit und partizipieren gemeinsam am Erfolg des Buches.

Das gesamte Verlagsprogramm von tredition ist bei allen stationären Buchhandlungen und Online-Buchhändlern wie z. B. Amazon erhältlich. e-Books stehen bei den führenden Online-Portalen (z. B. iBookstore von Apple oder Kindle von Amazon) zum Verkauf.

Einfach leicht ein Buch veröffentlichen: **www.tredition.de**

Eigene Buchreihe oder eigenen Verlag gründen

Seit 2009 bietet tredition sein Verlagskonzept auch als sogenanntes "White-Label" an. Das bedeutet, dass andere Unternehmen, Institutionen und Personen risikofrei und unkompliziert selbst zum Herausgeber von Büchern und Buchreihen unter eigener Marke werden können. tredition übernimmt dabei das komplette Herstellungs- und Distributionsrisiko.

Zahlreiche Zeitschriften-, Zeitungs- und Buchverlage, Universitäten, Forschungseinrichtungen u.v.m. nutzen diese Dienstleistung von tredition, um unter eigener Marke ohne Risiko Bücher zu verlegen.

Alle Informationen im Internet: **www.tredition.de/fuer-verlage**

tredition wurde mit mehreren Innovationspreisen ausgezeichnet, u. a. mit dem Webfuture Award und dem Innovationspreis der Buch Digitale.

tredition ist Mitglied im Börsenverein des Deutschen Buchhandels.

Dieses Werk elektronisch lesen

Dieses Werk ist Teil der Gutenberg-DE Edition DVD. Diese enthält das komplette Archiv des Projekt Gutenberg-DE. Die DVD ist im Internet erhältlich auf **http://gutenbergshop.abc.de**

Zeitfracht Medien GmbH
Ferdinand-Jühlke-Straße 7
99095 Erfurt, Deutschland
produktsicherheit@kolibri360.de